WORLD TEACHER
異世界式教育エージェント

ネコ光一
Illustration：Nardack

15

守るべき存在のため――

乙女たちは躍動する。

決戦の地――
激戦の日の
美しき夜明け。

ワールド・ティーチャー

異世界式教育エージェント 15

ネコ光一

OVERLAP

CONTENTS

Illust:Nardack

《絶望の五日目を越えて》

世界で一番大きいと言われる国、サンドールは未曾有の危機を迎えていた。

サンドールは魔大陸と呼ばれる隣の大陸から、数年置きに魔物の大群が攻めてくる『氾濫』と呼ばれる現象が発生するのだが、その氾濫がサンドールの滅亡を望む者……ラムダの手により人為的に起こされたのである。

更にラムダは魔物を操れる能力を持っているらしく、魔大陸から無限と呼ぶに相応《ふさわ》しい量の魔物を連れてサンドールへと攻めてきたのだ。

最初は成り行きであるが、後に様々な事情が絡み合った結果、俺たちはその戦いに力を貸す事となり、魔物の大群を食い止める為《ため》の施設……前線基地で戦いを繰り広げていた。

そして前線基地での戦いが始まってから五日目。

日増しに魔物の攻めが激しくなる中、前線基地を放棄して撤退を考えていたその時……俺が援軍として呼んでいた竜族のゼノドラたちが到着し、更に世界最強の剣士である剛剣ライオルと、若き剣士であるベイオルフも駆けつけてくれたのだ。

そんな彼等《かれら》の活躍により、瓦解しそうだった戦況を何とか立て直す事に成功した俺たちは、何とか五日目を乗り切る事が出来たのである。

夕方になり、一斉に退き始める魔物を追いかけようとする爺《じい》さんを何とか止め、後ろを付いてきていたレウスたちと一緒に前線基地の正門へと戻れば、多くの兵たちが歓喜の声を上げながら俺たちを迎えてくれた。

戦闘が終わった事で改めて剛剣の姿を確認出来たのか、兵たちの歓声はジュリアが活躍した以上に大きい。こんなにも喜んでくれたらこちらも嬉《うれ》しくなるものだが、爺さんだけは何故《なぜ》か不機嫌そうに兵たちを眺めているのである。

「ぬぅ……騒がしいのう。吠《ほ》える元気があるなら剣を振らんか、剣を」

「私も同感です。しかし彼等は剛剣殿が来てくれた事を本当に喜んでいるのです。もう少しだけ好きにさせてやってください」

「ふん、まあいいじゃろう。ところで、嬢ちゃんは誰じゃ？」

「これは紹介が遅れました。私はジュリアと申します」

憧れている剛剣に会えて喜びを隠せないジュリアであるが、残念ながら相手は我が道を行く爺さんである。子供のように純粋な目をするジュリアを見ても、どこか面倒臭そうに対応していた。

「わしは旅の剣士、イッキトウセンじゃ。剛剣なぞ知らんわい」

「何言ってんだよ。爺ちゃんが剛剣だろ」

「やかましい！　わしはイッキトウセンじゃ」

そういえば過去に、一人の剣士として鍛え直すから剛剣ライオルではなく、名前を変える……とか、この爺さんは言っていたような気がする。

妙に拘《こだわ》っているので、これ以上深入りはするなとレウスを止めたところで、正門前で待っていたアルベリオたちと、ジュリアの親衛隊が駆け寄ってきた。

「皆さん、おかえりなさい。ジュリア様とレウスも無事で何よりだ」

「ったく、随分と派手に暴れたもんだな。俺も一緒に行けば良かったぜ」

「後始末は僕たちに任せて、シリウスさんたちは休んでいてください」

激戦が続いているので皆の疲労も随分と溜《た》まっているようだが、重傷者は予想より遥《はる》かに少ないので一安心だな。

そして周辺に転がる魔物の死骸に紛れ、まだ生きている魔物を確認しているベイオルフたちを横目に歩いていると、見上げる程に高い防壁の上からエミリアが降ってきたのである。怪我《けが》程度では済まない高さから飛び降りながらも、静かな着地を見せたエミリアは、俺の前まで来て満面の笑みを浮かべていた。

「お疲れ様です、シリウス様。どうぞこちらを」

「助かるよ。攻撃はとにかく、血は避けきれなくてな」

差し出されたタオルを受け取り、体に付いた魔物の返り血や埃《ほこり》を拭っていると、エミリアがやけに熱の籠った目で俺を見ている事に気付く。

「本当に素晴らしいご活躍でした。シリウス様の従者として誇り高いです」

「そんなに持ち上げなくても、ここまで出来たのは爺さんが一緒だった御蔭《おかげ》だよ。それにしても、ここ数日は遠距離戦ばかりだったから今日はいい運動になったな」

「あ、こちらにまだ汚れが残っていますよ。私にお任せください！」

相変わらず俺の世話を焼くのが嬉しいのだろう。甲斐甲斐《かいがい》しくタオルで俺の顔を拭いてくれるエミリアだが、その隣にはエミリア以上に嬉しそうな人物がいた。

「くぅ……エミリアがこんなにも美人に成長しおって！　尊いのう……」

「ふふ、すでに十年近く経《た》っていますから、私も成長して当然ですよ。お爺ちゃんもタオルは如何《いかが》ですか？」

「それにこんなにも気が利いて……かはぁ!?　ええい、生きておる魔物はおらんか！」

エミリアの成長が嬉し過ぎるのか、溢《あふ》れる感情が抑えきれないらしい。

滝のように流れる涙……男泣きで感情のぶつけどころを探し始める物騒な爺さんに、周りの兵たちも距離を取り始めているようだ。その騒ぎにジュリアと話をしていたレウスが近づいて来たのだが、会話の内容は聞こえていたのか呆《あき》れ顔《がお》で爺さんを見ていた。

「何だよ。姉ちゃんの事が光って見えるとか言っていたくせに、やっぱりよく見えてなかったんじゃないか」

「光る？　よくわかりませんが、レウスもこれで身嗜《みだしな》みを整えなさい。あ、ついでにお爺ちゃんの涙と鼻水もね」

「仕方がねえなぁ。ほら、鼻チーンしろよ」

「むぐっ!?　何故小僧がやるのじゃ！　ここはエミリアじゃろうが！」

顔面にタオルを雑に押し付けられたのだ。爺さんが怒るのも当然だとは思うが、その図々《ずうずう》しい発言はどうかと思う。

遂《つい》には剣を振り回してレウスを追いかけ始める爺さんに呆れていると、今度は空から周辺を確認していたゼノドラたちが降りてきたのである。

『シリウスよ。もう周辺に魔物はいないようだ。それにしても、あんな逃げ方をする魔物は初めて見たぞ』

『ああ、私たちが呼ばれるわけだな。ところで、あの者たちは何をしているのだ？　剣を振り回しているようだが、もしかしてあの二人は敵同士だったのか？』

「色々面倒な関係でな。あまり気にしないでくれ」

『……そうか』

さっきまで命懸けの戦いを繰り広げていたというのに、二人揃《そろ》って元気なものである。

まあ、レウスからすればこっちの方が命懸けな気もするが。

そんな二人の追いかけっこは、俺の汗を拭き終わったエミリアが止めに入るまで続くのだった。

《戦うべき理由》

その後、竜族の代表であるゼノドラだけを連れ、前線基地内で行われた作戦会議を終えた俺は、皆が集まる食堂へ向かっていた。

会議が少し長引いてしまい、空腹を覚えながら食堂内に足を踏み入れたわけだが、一言で語るならそこは混沌《カオス》となっていた。

何せただでさえ目立つ俺の弟子たちに加え、剛剣として名高い爺さんと、人の姿になった竜族たちがいるからだ。

そして妙に騒々しいのは、彼等を一目でも見ようと大勢の兵が集まっているのもあるが、主に騒がしい理由は兵たちではなくレウスと爺さんのようである。

「爺ちゃん一人で食ってんじゃねえよ！」

「やかましい！　これは全てわしのじゃ！」

人を掻《か》き分けながら近づいて確認してみたところ、どうも爺さんが大皿に盛られた焼肉を独り占めしているらしい。

全く……腹が減っているのはわかるが、大人気ない爺さんだ。

「これはエミリアが作ったものじゃぞ！　わしが全部食うのじゃ！」

本当に大人気ない。

エミリアがいればこの騒ぎもすぐに収まると思うが、今は奥の調理室で追加の料理を作っているらしく、爺さんの暴走を止められる者がいないようだ。

ちなみにアルベリオとキースは獣王の下にいるらしく、現在この机にいるのはレウスとベイオルフと爺さんだけで、その隣の机ではメジアとアイ、クヴァ、ライ……通称三竜が座っており、爺さんとレウスの争いを眺めながら食事をしていた。

「随分と騒がしいものだ。人の食事風景はいつもこんな感じなのか？」

「メジア殿。騒がしいという意味では、我々も似たようなものでは？」

「ですね。シリウス殿が作った料理を初めて食べた時は」

「どっちが美味《うま》いかで殴り合いしていた者もいましたぞ」

エミリアが急ぎで作ったと思われる料理の他には、干し肉やチーズといった保存性の高いものばかりであるが、竜族の口に合うのかとても満足気に食べている。

爺さんも含め、竜族たちが凄《すさ》まじい勢いで食料を消費しているので物資の残りが気になるところだが、実は先程の会議によってその心配をする必要がなくなっていた。

その理由と会議で決まった内容を皆へ伝える為に、俺は肉の取り合いを続ける爺さんとレウスを宥《なだ》めながら近くの椅子に座った。

「いい加減にしろ、二人とも。さっきから騒がしいし、何よりせっかくの料理を落としたらどうする？」

「でも兄貴、あれは皆で食べる肉なんだぞ。分け合って食うべきだろ！」

「わしの肉じゃ！」

「レウス。お前の言いたい事はわかるが、あれで最後じゃないんだ。もう全部爺さんにくれてやれ」

別にレウスは肉が食べたいとかではなく、食料を独り占めする行為が許せないのだろう。人一倍……いや、数倍は食べるレウスではあるが、皆が満足しなければ我慢出来る仲間想《おも》いな男だからな。

しかし今回の相手は本能で生きる爺さんなので、強引に言い聞かせても効果は薄い。故にこちらが折れる方が楽なのだが、かといって好きにさせるのも悔しいので……。

「代わりに次の料理は絶対に食べさせん。俺も全力で止めるとしよう」

「ほう、面白い。わしを止められるなら止めてみるがいい！」

「俺が止めようとすれば、エミリアも止める筈《はず》だ。それに手早く準備したその大皿の焼肉と違い、次に用意される料理はもっと手の込んだものに……」

「食らえい！　小僧も、そこの小僧も食らうのじゃ！」

「「もがっ!?」」

あっさりと戦況の不利を察した爺さんは、レウスとベイオルフの口へ肉を強引に突っ込んでいた。食べ物を粗末にしているわけではないが、せっかくの料理を雑に扱ってほしくないものである。

そんな一向に騒ぎが静まらない中、爺さんへの最終兵器であるエミリアが大皿を抱えて戻って来たのだが、その背後にはマリーナだけでなく、リースとリーフェル姫たちの姿もあった。

「シリウス様！　おかえりなさいませ」

「あ、会議は終わったんだね。すぐに用意するから待ってて」

別室で怪我人の治療をしていたリースだが、途中で合流して一緒に料理を作っていたらしい。両手に皿を抱えたリースはいつもの柔らかい笑みを浮かべ、エミリアと一緒にテーブルに料理を並べ始める。

手分けした御蔭であっという間に準備が済み、全員が席に着いたところで俺は話があると言って皆の注目を集めた。

「先程の会議で決まった事だが、すぐに前線基地を放棄する事が決定した」

「やはりそうでしたか。だから食材を好きに使ってもいいと言われたのですね」

その指示が全体へ伝わったのだろう。気付けば俺たちを囲んでいた兵たちの姿がほとんど消えており、建物内を走り回って基地を放棄する準備を始めていた。

「一部を除き、今夜中にここを出発する事となった。というか、俺がそうするように皆を説得したんだ」

「せっかく爺ちゃんやゼノドラさんたちが来てくれたのに、もう出て行くのかよ？」

「俺たちはまだ戦えても、他が限界なんだ」

どれだけ俺たちが頑張ろうと、大群となれば合間を抜ける魔物が出てくるので、拠点は必ず攻撃されてしまうものだ。

　更に鉄壁だと言われた防衛用の装備や防壁も、この連日の戦闘によって激しく消耗しているので、最早《もはや》いつ破壊されてもおかしくはない。そんな不安定なものに頼るくらいなら、戦力が残っている内に防備の整った本国へ戻るべきだろう。戦いはまだ続くのだからな。

　さすがに退くと聞いて黙ってはいられないのか、新たに運ばれた骨付き肉に夢中だった爺《じい》さんが不満気な表情を浮かべていた。

「何じゃ、逃げるのか？　わしはもっと斬らねば気が済まんぞ」

「爺ちゃん。あんなに暴れていたくせに、まだ足りないのかよ」

「この人は半日くらいで満足しませんよ。せめて一日中は暴れないと」

「頼もしい話だが、勝手に動かれるのも困るんだ。爺さんが活躍する場面は必ず来るから、一人で突撃するような真似《まね》は止《や》めてくれよ」

「シリウス様が許可するまで、お爺ちゃんは大人しくしていてくださいね」

「エミリアが言うのであれば仕方があるまい！」

うむ、エミリアがいると爺さんが素直なので非常に楽だ。

後はゼノドラたちであるが、彼等《かれら》は俺の動きに合わせると約束してくれたので問題はあるまい。

引き続き会議で決めた他の内容を伝えようとしたところで、気になる点があったのかリーフェル姫が質問してきたのである。

「それにしても、よく皆を説得出来たわね。すでに非戦闘員はサンドール本国へ送ったから、残ったのは覚悟を決めた人ばかりだったのにさ」

「そこはまあ、俺なりの理由と、爺さんとゼノドラたちの名前を使って何とかしました」

リーフェル姫の言葉通り、前線基地を放棄する話をすれば大半の者が渋り、中には自分の死に場所はここだと反論する者もいたが、俺からの提案とちょっとした脅しで半ば強引に納得させた。

長く前線基地で魔物と戦い続けたという誇りや、自国の為《ため》なら命を惜しまないという、各々の気持ちはわからなくはない。

しかし死を恐れぬ誇り高き戦士であるならば、もっと満足の出来る戦いで死を迎えてほしいとも俺は思うのだ。ここで戦い続けても限界が見えない物量に押し潰され、ただ死ぬだけだからな。

「なあ、兄貴。思い切って俺たち全員で突撃してみるってのはどうだ？　今は爺ちゃんやベイオルフだけじゃなく、ゼノドラさんたちもいるんだぜ」

「諸々《もろもろ》の事情は僕も先ほど聞きました。とにかく魔物を操っている者がいるんですよね？この戦力なら、その相手を狙った一撃離脱戦法も十分可能とは思いますよ」

「それは俺も考えてはいた。だが、それを行うのはまだ早い」

確かに爺さんたちがいる今なら、ラムダたち……あるいは姿の見えない黒幕を狙った一点突破も可能だろう。

しかし元々はサンドールの問題でもあるので、俺たちだけの力で解決するのもどうかとも思うのだ。

「名のある大国が、自国の問題を余所者《よそもの》の手で解決した……となるのは、サンドールからすれば面白くはあるまい。突撃するのなら、せめてサンドール王に報告くらいしておくべきだと思う」

「あ、そっか」

「確かにその通りですね。すみません、少し考えが浅はかでした」

「そうでもないさ。別に俺たちは国に仕えているわけでもないし、本当なら気にする必要はないんだからな。だが下がる理由はもう一つある。偽物ではなく、本物のラムダを誘《おび》き出す為だ」

この数日で魔物以外に現れたのは、本物のコピーみたいなラムダが一体だけだった。

ラムダにとって前線基地は通過点に過ぎず、戦力は十分あるのだから姿を見せる必要はなくとも、その先のサンドール本国となればそうはいかない。

そもそも奴《やつ》の目的は復讐《ふくしゅう》であり、人の道を外れるどころか様々なものを犠牲にしてまでサンドールを滅ぼそうとしているのだ。それ程の執着があるのであれば、サンドールが攻められる様子を必ず見に来る筈である。

「サンドールを直接攻める時なら、奴は姿を見せる筈だ。戦力が十分だとしても、狙うべき相手が近いに越した事はない」

「それでも現れなかったらどうするんだ？」

「そうなったら、レウスとベイオルフの言うように突撃だな。俺たちと有志による一点突破でラムダたち……魔物を操れる奴を確実に叩《たた》く」

地上から攻めるのが厳しければ、ゼノドラたちの背中に乗って空から突破する手段もあるので、そこまで分が悪い賭けではあるまい。

そのまま更に今後の流れや予想すべき事を簡単に説明した俺は、エミリアがいつの間にか用意してくれた紅茶を飲んでから話の纏《まと》めに入る。

「……とまあ、そんなわけで準備が整った部隊から順次サンドールへと出発しているから、ここもすぐ静かになるだろう」

「わかりました。では荷物の整理は私が進めておきますので、シリウス様はゆっくりと食事をなさっていてください」

「そんなの、後で手分けしてやればいいさ。俺たちは朝まで残るつもりだからな」

「ちょっと、殿《しんがり》でもやるつもり？　まあ、戦力を考えれば貴方《あなた》たちが最適でしょうけど」

「ねえ、部隊の撤収って今夜中には終わるんだよね？　それなのに朝まで残る理由が何かあるの？」

「ああ、明日の布陣を確認する為だ。もしかしたら、爺さんとゼノドラたちを警戒してラムダが現れる可能性がある」

実はラムダともう一度話がしたいので、奴と会える機会をなるべく逃したくないのだ。ジュリアが危なかった時も狙えたかもしれないが、さすがにあの時は忙しくてそれどころじゃなかったからな。

それを説明しても皆から批判はなかったので、俺は今後について勝手に決めた事の謝罪と礼を伝えてから、改めて爺さんとベイオルフへと視線を向けた。

「さて、難しい話はこの辺りにしよう。少し遅れてしまったが、爺さんたちの再会を祝うとするか」

「おう！　特に爺ちゃんは本当に久しぶりだしな」

基地に戻ると同時に俺は会議室へ向かったのでゆっくりと話す暇もなかったが、すでに初対面同士の顔合わせは済んでいるので紹介は必要なさそうだ。

なので爺さんとベイオルフたちの出会いについて聞こうと考えていると、肉を喰《く》らっていた爺さんがコップを振り上げながら騒ぎ出したのである。

「ぬう……足りん！　酒じゃ！　酒を持ってこい！」

「それでもう三杯目だろ？　俺たちは別にいいけどさ、他の人たちは飲めないんだから爺ちゃんも我慢しろよ」

この五日間は魔物と戦い続けていた毎日なので、前線基地の兵たちは碌《ろく》に酒を飲んでいない。

それを知っている筈なのに用意させるどころか、平然とがぶがぶ飲める爺さんの精神《メンタル》は鋼鉄よりも硬そうだ。

「エミリアが作った美味《うま》い肉があるのに、酒が足りんとは何事じゃ！　小僧ども、早く用意せい！」

「何で俺なんだよ」

「逆らうだけ無駄ですよ。お酒なら奥に行けばありますかね？」

「いや、二人の手を煩わせる必要はない。すぐに用意させるよ」

呆《あき》れるレウスとベイオルフが立ち上がろうとしたところで、用事を済ませたであろうジュリアが現れた。

爺さんの声が大きいので酒が足りない事について聞こえていたのか、連れていた親衛隊に食堂の奥から酒を持ってくるように指示を飛ばしていた。

「ぬぅ……エミリアよ、この嬢ちゃんは何者じゃ？」

「さっき外で紹介しただろ？　ジュリアだよ」

「そうじゃったか？　というかわしはエミリアに聞いておるんじゃ。小僧は黙っとれ」

「こちらのお方は、サンドールの第一王女であらせられるジュリア様ですよ」

「王女じゃと？」

ジュリアが王族と知るなり、爺さんの機嫌が目に見えて悪くなる。

しかしそれも当然かもしれない。俺と出会う前の爺さんはサンドールで過ごしていた時期があり、当時の貴族の怠慢や傲慢によって己が鍛えていた弟子を殺されたのだからな。

だがそういうアホな連中は、爺さんが去った後で王位に就いた現サンドール王がほとんど掃除したらしい。

何よりジュリアは当時の事情に関わってはいないので、彼女を嫌う理由はないと伝えてはみたものの、この爺さん相手に理屈は通じなかった。

興味がないとばかりに肉を食らい出す爺さんだが、そんな態度にめげずジュリアは落ち着いた表情で語り掛ける。

「剛剣殿……いや、トウセン殿。お礼が遅れて申し訳ありませんが、我々に力を貸していただき、本当にありがとうございます」

「知らん。わしはただ剣を振りにきただけじゃ」

「それでも貴方の剣で多くの命が助かったのです。皆を代表して感謝を」

「勝手にせい。わしは今肉を食っておるから、これ以上邪魔するでないぞ」

取り付く島もないとは正にこの事だな。感謝の言葉をあそこまで冷たくあしらう爺さんの大人気なさも酷《ひど》い。だがジュリアは全く気にしていないようで、深々と頭を下げた後も懲りずに話し掛け続ける。

「私は当時の状況は知りませんが、かつて我が国の愚かな者たちが貴方にした事を、私の父上が謝罪したいと申していました。もしお時間があれば父上や家臣たちとお会いしていただけませんか？」

「ふん、気が向いたらな」

「ここまではサンドールの王女としての言葉です。そして……一人の剣士として貴方に伝えたい事があります」

「剣士じゃと？」

「私に剣を教えていただきたい！　はあああぁぁぁ――っ！」

そのあまりにも突然過ぎる行動に、見ていた全員が呆気《あつけ》に取られていた。

何せジュリアが気合の雄叫《おたけ》びと共に、背中から抜いた剣を爺さんの脳天へと振り下ろしたのだ。驚くなと言う方が無理である。

もちろん剣は寸止めだったので安心はしたものの、さすがにこれは失礼とかそんな問題ではあるまい。

「ジュ、ジュリア!?　貴方一体何をしているのよ！」

「無論、剣を教わる為さ。トウセン殿の場合は下手に話すより、殺意を持って斬りかかる方が良いとレウスから聞いたのだ」

「いや、言ったけどさ!?」

ジュリアは剛剣についてレウスから色々聞いていたので、その時の内容を実践したらしい。確かに爺さんの場合は下手な言葉より行動……いや、攻撃の方が喜ぶとは俺も思うが、まさか本当に実行するとは思わなかった。彼女の本能がそうさせたのか、それだけレウスを信頼しているのかわからないが、とにかく爺さんに負けない破天荒な女性である。

傍《はた》から見ればいきなり斬りかかるという、最高に無礼な真似《まね》をしたわけだが、爺《じい》さんは不動のまま目の前にある剣を眺めていた。

「何だ？　驚いて何も言えねえのか？」

「たわけ！　寸止めだと丸わかりじゃったから呆れていただけじゃ。そして嬢ちゃんはもっと剣に殺意を込めんか！」

「はい！　申し訳ありません！」

怒鳴られる理由が違う点は突っ込むまい。

悪気はあっても後悔はなさそうなジュリアの返答に、手にした骨付き肉を食い千切った爺さんは静かにジュリアを睨《にら》みつける。

「殺意も剣の振り下ろしも甘い。じゃが……ふむ、嬢ちゃんはどこで剣を習った？」

「全て自己流です。様々な剣士と打ち合い、自分に必要な技術を磨いてきたつもりです」

「では、剣を振るう理由は何じゃ？」

「楽しいからです！　剣士としての道を進み、剣の腕を極めて強くなっていく事が、私は何よりも楽しいのです！」

「……ふん。王族なのは好かんが、中々面白そうな嬢ちゃんじゃな」

同族嫌悪という、似た者同士という理由で嫌い合う話はあるが、この二人の場合は馬が合ったらしい。殺そうとした方が仲良くなれるという俺たちの理論は間違っていなかったようだが、相変わらずこの爺さんの独特な感性は不思議である。

先程までの不機嫌そうな表情から一転し、どこか不敵な笑みを浮かべる爺さんだが、ジュリアが言いたい事はまだあるらしい。

「それと王族が気になるようですが、その点については問題ありません。私はいずれ王族の身分を捨て、一人の女としてレウスに嫁ぎますので」

「ちょっと待ちなさい、ジュリア。それは簡単に捨てちゃ駄目よ！」

「いやいや、もう全部決まっているみたいな風に言うなよ！」

「小僧、女に現《うつつ》を抜かしておる暇があれば剣を振らんか」

「うるせえぞ、爺ちゃん！　女性を大切にするのは当然だし、好きなら夫婦になるのは当たり前だろうが。姉ちゃんだって兄貴の奥さんになったんだからな！」

「何じゃとぉっ!?」

「あっ!?」

レウスがしまったと言わんばかりに口を塞ぐが、すでに遅い。

エミリアが俺の妻になったと知るなり、手にしていたコップを握り潰しながら爺さんが吠《ほ》えた。明らかに不味《まず》い雰囲気だと皆が動揺し始める中、経験から誰よりも先に動いたレウスとベイオルフが俺の前へ手を伸ばしながら叫ぶ。

「に、逃げてください！　剣を抜く前に！」

「兄貴!?　くそ、俺が一撃を受け止めるから、その間に逃げてくれ！」

「…………ふん！」

俺を守ろうとして間に割り込む二人であるが、意外な事に爺さんは背中の剣を握ったところで動きを止め、面白くなさそうな表情で新たな骨付き肉を掴《つか》んでいた。

そのあまりにも予想外な行動に、レウスとベイオルフが信じられないとばかりに爺さんを眺めている。

「何じゃ、何をそんなつまらん顔で見ておる？　小僧たちが斬られたいのか？」

「いや、だって……なぁ？」

「ええ、間違いなく暴れると思っていましたから」

「やかましい！　わしに勝てる男であれば認めなければなるまい」

「そもそもエミリアの肉親でもない人が、そこまで口を出すのもおかしいと思うけどね」

正論に近い突っ込みを入れるリーフェル姫だが、爺さんの耳には届いていないようだ。

しかし口では認めても心から納得は出来ないのだろう。鬱憤を晴らすように肉を食べ続ける爺さんにレウスが質問をしていた。

「ならさ、もし兄貴以外の男が姉ちゃんと結婚したいって言ったら？」

「そうじゃな。わしと戦い、百回勝てたら考えてやってもいいじゃろう」

百回でも許すどころか、考えるだけなのか。

そのあまりにも過酷な条件に、レウスは複雑な表情を浮かべながら一人頷《うなず》いていた。

「……兄貴が貰《もら》わなかったら、姉ちゃんはずっと独り身だったかもしれねえな」

「レウス。貴方《あなた》にそういうつもりはないと理解はしていますが、それは少し失礼に聞こえますよ」

「ごめんなさい！」

「ぬははは！　エミリアに怒られおるではないか。情けない小僧じゃのう」

「元はお爺ちゃんのせいだと思いますが？」

「むうっ!?」

まるで親に叱られる子供のようである。しかしこんな情けない姿を見ても、ジュリアの目に失望というものは一切見られなかった。

「憧れの人のこんな姿、貴方見ていて平気なの？」

「そんな事はないさ。誰しも、頭の上がらない人はいるものだからね。それに今回に至っては、私の将来の義姉《ねえ》さんがこれ程に剛剣殿に慕われているのを知って嬉《うれ》しいくらいだよ」

「前向きねぇ……」

「うぅ……動揺してる私の方が変なのかな？」

「マリーナは逆に周りを気にし過ぎよ。レウスのような男の子はね、自分らしく接してくれるのが一番魅力的に見えるものなのよ」

「は、はい！」

数年ぶりの再会だというのに、爺さんはもう馴染《なじ》みつつあるな。

扱いが大変なのが問題だが、ベイオルフもまた爺さんに引っ張られるように馴染んでいるので悪い事ばかりでもないか。

それとせっかく来てくれたゼノドラたちをほったらかしにしているのは失礼な話だとは思うが、現在彼等《かれら》はチーズや干し肉に夢中なので、食べ終わってから話し掛けた方が良さそうである。


それからしばらくして、用意した料理が粗方片付いた頃、撤収準備を進めていた獣王がキースとアルベリオを連れて俺たちの前に現れた。

「こんな状況でも相変わらずのようだな。食堂へ入る前から声が聞こえていたぞ」

「恥ずかしいところです。まあ騒がしいのが増えましたし、何より人が減って静かですからね」

兵だけでも数千は駐留していた前線基地も、すでに人の気配がまばらである。

食堂は俺たちがいるから賑《にぎ》やかだが、一歩部屋を出れば人の気配がほとんど消えた寂しい雰囲気になっているだろう。

「準備を終えたら発《た》つつもりだったが、その前にお前たちと話をしておきたくてな」

「終わったんですね。では見送りを」

「必要ない。どうせすぐに向こうで会えるし、戦場で最も活躍したお主たちはゆっくりと休むべきだ。それで……そちらが噂《うわさ》の剛剣殿だな？」

「わしはトウセン……む？」

未《いま》だに食事の手が止まっていない二人……その内の片方である爺さんは、獣王から向けられる視線に気付いて顔を上げた。ちなみに言うまでもないが、食べ続けているもう一人はリースである。

王族でも遠慮は存在しない爺さんでも、獣王から感じられる強者の気配は無視出来ないのか、口内の肉を酒で流してから不敵に笑った。

「ほう……面白い。歯応えのありそうな狼《おおかみ》と竜だけでなく、猫までおるとはな」

「親父《おやじ》は猫じゃなくて獅々《しし》だ！　馬鹿にしてんのか！」

「落ち着くのだ、キース。かの有名な剛剣殿にそう感じてもらえたのは名誉な事だぞ。私も機会があれば手合わせ願いたいが、今はそれどころではないのでな」

「全くじゃ！」

本当なら俺やホクトだけでなくゼノドラたちと今すぐ戦いたい爺さんであるが、エミリアに止められているので仕方なく我慢している状況である。

そんな中で獣王の実力を感じて体が疼《うず》き始めて仕方がないのか、酒を飲むペースが早くなっていくのでキースが呆《あき》れた様子で呟《つぶや》く。

「あんたが強いのは認めるけどよ、そんなに酒を飲んで大丈夫かよ。明日どころか、今すぐ戦う可能性だってあるんだぜ？」

「こんな水で剣が鈍るか！　こっちの猫は騒がしいのう」

「俺は虎だ！」

一応、虎も獅子も猫科なので完全に間違っているわけではないが、キース的には一緒にされると嫌らしい。そんな怒るキースを爺さんが適当にあしらっていると、アルベリオが二人を避けながら俺たちへと近づいてきた。

「事情は獣王様からお聞きしました。サンドールで師匠たちの戻りを待っています。マリーナ、師匠たちが一緒なら心配はいらないと思うが、お前も気を付けるんだぞ」

「ええ、兄さんも気を付けてね」

特に問題がなければ半日も経《た》たない内に再会する予定なのだが、マリーナは兄たちとは行かず俺たち……レウスの傍《そば》にいる事を選んだ。

一緒にいたいのもあるだろうが、ジュリアもまた俺たちと残る事になったので、今はそうするべきだと判断したのだろう。余談であるがリーフェル姫たちも当然のように残ると言ったので、さっきリースと多少揉《も》めていたりする。

そのまま会話を続けていると獣王の臣下が出発を急《せ》かしてきたので、獣王は唸《うな》るキースを宥《なだ》めてからこちらに背を向けた。

「では我々は先に戻っておるぞ。向こうの者たちに事情は説明しておくが、あまり遅れ過ぎないようにな」

「もちろんです。そもそも言い出したのは俺ですからね」

「ふ、わかっているのならばいい。では行くとするか」

そしてアルベリオとキースを連れて食堂を出て行く獣王を見送った後、俺はこれからの予定を皆に説明してから立ち上がった。

「さて……食べ終わったし、ぼちぼち始めるとするか。と言っても朝までやる事はほとんどないから、皆は適当に警戒しつつ休んでいてくれ」

「わかりました。では、私は出発の準備を進めておきます」

「あ、なら私も手伝うね。怪我人《けがにん》がいなくなって、やる事がほとんどなくなったから」

「待ちなさい、リース。貴方は休まないと駄目よ」

この五日間で大勢を治療するコツをリースは摑んだのか、初日のような疲れを見せる事はなくなっていた。

しかし怪我人が減ったわけではないので、彼女の負担が増えているのは間違いない。陰から皆を支えてくれるリースには、休める内にしっかりと休んでもらいたいものだ。

「リーフェル様の言う通りだな。リースが元気だからこそ皆も頑張れるのだから、少しでも休んでいてくれ」

「うん、わかったよ。なら休ませてもらうね」

「私たちが隣にいるから、ゆっくりと眠りなさい。添い寝もしてあげるわよ」

「それは寧《むし》ろ寝られないから止《や》めてほしいよ。姉様は少し締め付けが強いから」

相変わらず仲の良い姉妹と従者たちが寝室へ向かったところで、食事を終えたゼノドラたちが話し掛けてきた。

「シリウスよ、我々の手は必要ないのか？」

「うむ、こんなに美味《うま》いものをたらふく食わせてくれたのだ。食べた分は働くぞ？」

「ゼノドラたちの力が必要なのは、もう少し後になると思う。だからこの辺りで自由に過ごしていてくれ」

「そうか。ではこの建物を見て回ってみるか。人が作ったものを見るのも悪くはない」

「相変わらず物好きな奴《やつ》だ。なら俺は少し寝させてもらうぞ。魔物と戦うより、ここまで飛び続ける方が面倒だったからな」

　ゼノドラから聞いた話によると、元々救援で送る竜族はゼノドラと三竜だけの予定だったが、メジアは自ら名乗り出て参加したらしい。

　理由は俺への借りを返す為《ため》だそうだが、こちらとしては彼の兄に手を掛けた負い目もあるので借りなんかないと思っている。そうメジアには伝えていたのに、律儀というか真面目な竜族だ。

　そして最も扱いが大変そうな爺《じい》さんであるが、残った料理と酒を喰《く》らい尽くしてようやく満足したのだろう。腹を叩《たた》きながら勢いよく立ち上がった。

「ふぅ……満足じゃ。どれ、腹ごなしに剣でも振るかのう。小僧、相手をせい」

「兄貴に休めって言われただろ？　それに騒ぎが収まるまで、誰かと戦うのはなるべく止めろって、姉ちゃんに言われたじゃねえか」

「エミリアに言われたのは狼や竜の事で小僧たちではあるまい。それにほれ、訓練用のやつならば死にはせんし、軽くやれば問題ないじゃろ」

「トウセンさんの場合、木剣でも普通に死にますよね？」

実際に体験しているのだろう、死んだような目でベイオルフが突っ込んでいる。

何度も言うが理屈なんか通じる筈《はず》もなく、爺さんは高笑いを上げながら二人の襟首を摑んで訓練場へと向かう。

「模擬戦でしたら私もお願いしたい！　剛剣殿の剣をその身に感じたいのです！」

「「「ジュリア様!?」」」

「よかろう！　そこにいる全員でかかってくるがいい！」

「「「我々も!?」」」

ついでにジュリアと数名の親衛隊も巻き込まれているが、俺が何も言わず見送っていると、片づけをしていたエミリアが苦笑しながら聞いてきた。

「止めないのですか？」

「ああなったら止まらないだろう。これで爺さんが少しでも大人しくなってくれるといいんだが」

本来なら疲れる事は避けるべき状況なのに、爺さんなら構わないと思えてしまう。何せ半日近く剣を振り続けていたくせに、疲れなんか微塵《みじん》も感じられないからな。

けどレウスたちは放っておけないので、後で様子を見に行く必要がありそうだ。

俺はエミリアの頭を撫《な》でて心を落ち着かせながら、これからやるべき事に不備がないかもう一度考え直すのだった。

そして各々の作業の為に一旦解散となり、皆と別れた俺は防壁の外に出て魔物たちの死骸が転がる戦場を歩いていた。

早朝になって敵の布陣にラムダが確認出来なければ即座に撤退する流れなので、夜襲がない限り休んでいればいいのだろうが、さすがに何もしないのはどうかと思って罠《わな》を仕掛けているのだ。

俺は防壁に沿うように歩き、一定の間隔で立ち止まっては魔石を地面に植えていく。

「この位置にも仕掛けておくか」

この魔石には、かつてエリュシオンの学校で世話になった教師、マグナ先生が開発したゴーレムを生み出す魔法陣が刻まれている。

マジックマスターである学校長の陰に隠れがちだが、彼の適性属性である土属性の魔法と技術は非常に高く、おそらく土属性だけなら学校長をも上回っているだろう。土どころか、鉄で作ったゴーレムすら生み出していた事もあったからな。

そんなマグナ先生が作ったゴーレム用の魔法陣を、俺は新作スイーツ試食権利一年分で教えてもらった。彼の名誉の為に補足するが、決してスイーツの為だけでなく俺なら悪用しないと信頼してくれたからだ。

「人を守る為ですし、遠慮なく使わせてもらいますよ」

とはいえ一般的なゴーレムより性能が良くても、あの大群相手に数体では焼け石に水だろう。だがそれでも多少の時間は稼げるし、数も減らせるので無駄ではあるまい。

前線基地の一番高い塔の上を陣取ったホクトが周囲を見張っているので作業に集中出来るのだが、途中である事を思い出した俺は不意に手を止めて周辺を静かに眺める。

「死の匂い……か」

火と風の魔法で多少は掃除されたが、これ程多くの人や魔物が死んでいく匂い……いや、雰囲気に少し当てられているのかもしれない。

多くを殺し、通り名が英雄とか死神とか頻繁に変わっていた前世を思い出しながら作業を続けていると、遠くにいるホクトが反応したと同時に俺は指示を出した。

「待て、ホクト」

ホクトが動かなかった事を確認してから振り返れば、突如地面から生えた何かが近くにあった魔物の死骸を包み込み始めたのである。

どうやら魔物を食べて栄養にしているらしく、死骸を完全に食い尽くしたそれは徐々に形を変えていき……。

「……もう少し早く姿を見せてほしかったな」

「私が貴方《あなた》の都合に合わせる必要があるのでしょうか？」

先日ジュリアを襲ったラムダへと姿を変えたのだ。

全身が植物で形成されている点から先日ジュリアを襲った存在と同じ可能性が高く、自爆を警戒するべき相手なのだが、それでも俺の言葉には反応しているので会話は可能な筈である。

前線基地内にいる皆が気配や匂いでラムダの存在に気付き始める中、俺は落ち着いた口調でラムダへ語り掛け続ける。

「確かにその通りだが、お前にどうしても聞きたい事があったんだ。文句の一つくらい言うさ」

「そんな事は知りませんし、私は貴方と話す事なんてありません……と、思っていましたが、そうもいかない状況でしてね」

サンドールを滅ぼしたいと願うラムダとそれを止める俺となれば、互いの考えは平行線なので話し合う余地はない。

だが俺と同じようにラムダの方も話したい事があるのか、こちらに攻撃を加えてくる様子はなさそうなので、皆に手を出すなと『コール』で密《ひそ》かに伝えていると、ラムダが溜息《ためいき》を吐《つ》きながら前線基地を見上げている事に気付く。

「それにしても、ここまで大胆な行動に移るとは思いませんでした。まさか前線基地から全ての兵を退かせるとはね」

「元からの予定を早めただけだ。大胆と呼ぶ程じゃない」

「いいえ、あの愚かな死にたがりたちが素直に退いた時点で私は信じられないのですよ。あの知将と言われた老人も誇りがどうとか似たような考えを持っていますから、これは貴方の仕業でしょう？　素晴らしい話術をお持ちですね」

かつてサンドールに仕えていたので彼等《かれら》の性格をよく知っているのか、本気で感心しているようだ。

体が植物で作られていても、人らしき感情をしっかりと表現出来るのが実に不思議だが、それを考えるのは後回しである。

「誉《ほ》めているようだが、そんな事を伝える為にわざわざやってきたのか？」

「もちろん違います。私が来たのは交渉の為ですよ」

「交渉……ね」

普通に考えて、交渉ではなく何らかの意図があって現れたと考えるべきだろう。

しかし、先程のように魔物の死骸を喰らって現れる事が可能ならば、建物内へ忍び込んだり、与《くみ》しやすい相手と接触して内側から崩すなんて事も可能な筈だ。ほぼ無人となった現在の前線基地に策を仕込む理由はないので、交渉に来たという点だけは間違いなさそうである。

「嫌とは言わないが、これだけの事をしておきながら今更交渉か？　相応の理由がない限り、簡単に応じるとは思えないぞ」

「でしょうね。しかし今回私が交渉する相手は、シリウス殿……貴方個人です」

怒りや焦り等は一切見られなかったラムダだが、俺個人に用があると口にした時だけは明らかに雰囲気が変わっていた。最早《もはや》人を止めている存在であるが、言葉の端々から真剣な思いだけは伝わってくる。

「正直、私は貴方の力を侮り過ぎていました。本来ならとっくに陥落していた筈の前線基地を今日まで守り続けたのですから」

「俺だけの力じゃない。皆が必死に戦い続けたからこそ守る事が出来た」

「ですが、そんな彼等を密かに支え続けていたのは貴方であり、最も重要な存在であると私は思っています。だからこそ、貴方個人へお願いするのです。どうかあの愚かな国に加担するのを止めてください。そもそも何故《なぜ》そこまでして他国の為に戦うのでしょうか？」

「色々とあるが、主な理由はお前だろう」

作戦の邪魔になるからと俺たちを国から追い出すだけにしておけば良かったのに、フィアを人質にして重鎮の暗殺まで頼んだのだからな。

全ては自分が蒔《ま》いた種だとはっきり言い返してやるが、ラムダは涼しい顔のまま首を横に振るだけである。

「私が悪いのは認めますが、もう十分ではありませんか？　たかがエルフ一つの命で、私が長年費やした計画を潰すどころか、ここまで予定を崩されるなんて割に合いませんよ」

「フィアの価値をお前が決めるな。つまり何だ、俺たちの排除が難しいから手を引けと？」

「いいえ、厄介ではありますが不可能ではありません。しかしこれ以上、私の計画を狂わされるのは嫌なのですよ」

「あいにくだが、俺はもう仕返しとかではなく自分の意思でこの戦いに参加しているんだ。不可能でも何でもないなら、気にせず攻めてくればいい。何やら理由を付けて俺たちと戦う事を避けようとしているようだが、まさか剛剣と上竜種たちに怖気《おじけ》づいたとでも言うんじゃないだろうな？」

相手の反応を窺《うかが》う為の言葉ではあるが、新たに加わった戦力は桁が違うのであながち冗談と言えなくもない。

それと同時に挑発も含めた俺の言葉を聞くなり、ラムダは残念そうな感情を表すように深い溜息を吐いていた。

この余裕……決して虚勢ではあるまい。

やはり向こうの戦力は、まだ十分残っていると考えるべきか。

「貴方の考えが理解出来ません。何故危険な状況であると身をもって知り、苦しみながらも戦おうとするのでしょうか？　貴方はこの国とは縁もゆかりもないというのに」

「その理由を教える前に、俺から聞きたい事がある。この印に見覚えはないか？」

そう質問しながら『ライト』で明かりを作った俺は、懐から取り出した紙に描かれた印をラムダへと見せた。

それが花弁とナイフを組み合わせた不吉そうな印……師匠が作る魔道具の刻印だと気付くなり、ラムダは僅かな動揺を見せる。

「……それがどうかしたのでしょうか？」

「こいつは魔道具の作者を現す刻印だ。実はこの印を刻んだ者は、俺を育てた師匠でもあるんだ」

「弟子？　そんな筈が……いえ、貴方の異様さを考えると……」

「信じるかどうかはどちらでもいい。とにかくその師匠から聞いた話だが、あの人はかつて魔物を操るような魔道具を作った事があるそうだ」

操ると言っても、魔物の意識に僅かながら干渉して特定の場所から遠ざけたり、誘導させる魔除《まよ》けのようなものらしいが、怒っていたり飢えていたりすると効果がなかったそうだ。しかも燃料となる魔石の消耗も激しく、そもそも師匠が魔物から逃げる性格ではなかったので、その魔道具は試作品を作るだけで終わったとか。

つまりその魔道具……刻まれた魔法陣を改良した物が、今回使われているのではないかと俺は睨《にら》んでいる。

そんな都合の良過ぎる魔道具が作れるのかと疑問には思うが、理由が何であろうと熱意がある限り人の技術は進歩し続けるものなので不可能だとも言い切れまい。

「お前が無実の罪で魔大陸に追放されながらも、そこで生き延びていたのはまだわからなくもない。だが生き延びていながら、すぐに復讐《ふくしゅう》しにこなかった点が俺は疑問だった。そして色々考えた結果、お前は師匠の魔道具を探して研究をしていたか、誰かがやっていた研究を引き継いだと、俺はそう考えたわけだ」

「………………」

「もちろん研究だけでなく、大掛かりな実験も行った筈《はず》だ。たとえば、魔物の大群を操ってアドロード大陸にある町を襲わせてみる……とかな」

およそ一年前、俺の弟子の一人であるアルベリオが住んでいた町……パラードと、その隣町であるロマニオを魔物の大群が襲う事件があった。

それはラムダの仲間と思われる者の仕業だったが、あの事件の真の狙いは町の壊滅ではなく、この時に備えた実験だと睨んでいる。

「全ては俺の想像だが、見当違いとはとても思えない。とまあ色々と言ったものの、俺にとって一番重要なのは、お前たちが師匠の魔道具を利用したかどうかなんだ」

「では、私が持っていたとしたらどうすると？　仮にそれを利用したとすれば？」

「破壊させてもらう。師匠の作った物が、くだらん事に利用されているのは見過ごせないんだよ」

「くだらない……ですか。確かに貴方のような人からすれば、復讐なんてくだらないと思うんでしょうね」

「それは違う。言っておくが俺は復讐をするなと言いたいわけじゃないぞ」

世界とは厳しく、復讐を糧にしなければ生きていけない者も少なからず出てきてしまうものなので、俺は完全に否定はしない。

そもそもラムダがこれ程までに歪《ゆが》んでしまったのは、サンドールに住む一部の者たちによる傲慢のせいなのだ。しかも本人だけならまだしも、彼が心から愛していた家族の命まで奪っているので、復讐されるのも仕方がないとも言える。

つまり、全てはサンドール側の自業自得なわけだが……。

「長い間、城内で暗躍していたんだ。お前を貶《おとし》めた者たちは全て把握しているんだろう？

そういう連中だけを狙っているのであれば、俺もここまで介入しようと思わなかったさ」

正確な人数は知らないが、ラムダを嵌《は》めた主犯は関係者を含めてもそうはいない筈だ。なのにその少数へ復讐する為《ため》に、剣を向けていないどころか事情すら知らないサンドールの国民全てを巻き込むのは間違っているとしか思えない。

「お前のは復讐でも何でもなく、ただ怒りをぶつけるだけの虐殺だ。その筋が通らない行動……つまりくだらん事に師匠の魔道具が使われている事が許せないから、俺はお前と戦っているわけだ」

「そんな理由で命を賭ける方がくだらない気がしますけどね」

「自分を偽る事はしたくないし、やれる事を精一杯やるからこそ生きている実感が湧くものさ。もう一つ理由を言わせてもらうなら、お前の暴走を許せば無慈悲に家族を奪われる者たちが大勢生まれてしまうからだ。かつてのラムダみたいにな」

「……それで？　そんな正論を掲げて今更私が止まると思っているのですか？」

「サンドールの王は、ラムダを嵌めた連中を全て差し出して構わないと口にしていたし、求めるのであれば己の首をも差し出す覚悟もあるそうだ。それで納得は出来ないのか？」

「出来ません」

その後も、前線基地へ向かう前の会議で話題に挙がったサンドール側の譲歩点を伝えてみたものの、ラムダの反応は芳しくない。

一方、俺が諦めないと確認したところでラムダの用件は済んだのか、もう話は終わりだと言わんばかりに背中を向けた。

「そうそう。最後に伝えておきますが、どれ程強力な戦力を得ようと無意味ですよ。貴方たちがこの数日で倒し続けた魔物は、魔大陸ではほんの一握りに過ぎませんので」

「だろうな。なら俺から一つ提案があるんだが、もう回りくどい持久戦は止《や》めて一気に勝負を決めないか？」

これまでのやり取りとは明らかに違う一方的な提案に、さすがのラムダも困惑した様子で振り返る。

しかしその反応も当然だろう。己の優位を捨てろという、あまりにも都合のいい事を言っているのだから。

「冗談……ではなさそうですね。貴方からそんな情けない言葉が出てくるとは思いませんでした」

「別に一騎打ちとかじゃないぞ。お互いの全戦力を出し合い、ここから更に後方……サンドールが見える平原でぶつけようって話だ。互いの本気をぶつけて決着を着けよう」

「かつて剛剣は戦いに狂った剣士と呼ばれていましたが、貴方《あなた》もそういう人でしたか」

「あの爺《じい》さんは剣の腕を鍛える為に戦いを欲しているだけさ。もう一つ理由を付け加えるのであれば、俺たちはルカとヒルガンに借りがあるんだよ」

我ながらわかりやすい挑発なのは理解しているが、ラムダたちを前線へ引っ張り出す確率を少しでも上げる為に色々試しておいて損はあるまい。

やはりこの言葉では弱そうなので、俺は次の手を打つ為に用意しておいた小さな枝をラムダへと向かって投げた。

攻撃かと思い警戒するラムダだが、それがただの枝じゃないと即座に気付いたのか、凄《すさ》まじい勢いでその枝を摑《つか》み取ったのである。

「こ、これは!?」

「植物を扱っているのなら、名前くらいは聞いた事があるんじゃないのか？　それは聖樹と呼ばれる樹《き》の枝だ」

「聖樹だと!?」

この反応、植物を扱うのなら聖樹に興味を持つだろうという考えは間違っていなかったようだ。

まるで長年追い求めていた代物を手に入れたかのように、ラムダは驚きと喜びが入り混じった感情を見せながら聖樹の枝を一心に眺めている。

「これが……聖樹？　こんな端切れだというのに、何と凄まじい活力。一体これをどこで!?」

「その聖樹と会った事があるからさ。ちなみにその枝を生み出したのがこれだ」

正確には師匠から貰《もら》った聖樹製のナイフが生み出した枝なのだが、秘められた魔力と神秘性は本物と変わらない。

更に普段は目立つからと、抑え気味な魔力を解放してもらった師匠のナイフを見せびらかせば、ラムダは目を見開きながら固まっていた。

「こいつは聖樹の一部で作られたナイフだ。その枝とは格が違う代物だぞ」

「あ、ああ……」

「これが欲しいようだな？　ならば俺の提案を飲んでもらおうか。言っておくが、あまりくだらない策ばかり弄しているとこいつは‼……」

「それを……そレヲ……ヨコセエェェ――――！」

総力戦で来なければナイフを破壊する事も厭《いと》わない……と、脅しを含めた駆け引きを試みようとしたのだが、ラムダの反応は予想を遥《はる》かに超えていた。

まるで獣のような雄叫《おたけ》びを発したかと思えば、地面から一斉に生やした無数の蔓《つる》を俺へと伸ばしてきたのである。

狙いは師匠のナイフだとしても、あの蔓は俺の体を易々《やすやす》と貫く威力がありそうなので身構えていると……。

「シリウス様！」

「どらっしゃあああぁぁぁ――――っ！」

前線基地の屋上から飛び降りてきた姉弟が迫る蔓を剣と魔法で全て切り裂き、同時に俺を守るように立ちはだかっていた。

待機していろと言った筈なのだが、敵の豹変《ひょうへん》振りに我慢出来なかったらしい。しかし向こうが我を失って話し合いどころではなくなったので、俺を守ろうとした判断は間違ってはいないだろう。

故に姉弟へ感謝の言葉を伝えようとしたところで、少し遅れておまけも降ってきた。

「ぬりゃあああぁぁぁ――――っ！」

いつもの雄叫びを上げながら上空から落下してきた爺さんは、更なる蔓を生み出そうとしているラムダへと躊躇《ちゆうちよ》なく剣を振り下ろした。

落下の勢いと爺さんの腕力による斬撃が凄まじい衝撃波を生み出し、最早《もはや》斬るどころか辺り一面が木っ端微塵《こぱみじん》となっていた。止める間もないとは正にこの事だろう。

俺はやり過ぎだと文句を言おうとしたのだが、当の爺さんが未《いま》だ警戒を解いていない事に気付く。

「ぬう……仕留めた気がせんのう」

「仕留めたって、もうそこに誰もいねえだろ？」

「じゃかましい！　わしが生きておると言ったら生きておるんじゃ！」

すでにラムダの影も形もないのだが、実際に爺さんの勘は当たっていた。

周辺をソナーのように調べる『サーチ』を発動させてみたところ、先程まで偽物がいた足元の更に深く、衝撃波が届かなかった地中深くに敵の反応を感じたからだ。

ラムダは本体……核のようなものが存在し、己の象《かたど》った分身を生み出す事が可能な存在であると教えた覚えはないのに、この爺さんは本能で倒せていないと感じ取ったらしい。

本当に出鱈目《でたらめ》な爺さんである。

すると僅かに遅れてベイオルフもやってきたところで、爺さんは剣を上段に構えながらレウスとベイオルフに命令していた。

「そうか……下か！　小僧ども、穴を掘れい！　こちらから斬りに行ってくれる！」

「掘る道具なんか持ってねえよ」

「つまり地中にいるんですよね？　トウセンさんの技で地面ごと吹っ飛ばせばいいと思うんですけど」

「お前たち、ちょっと落ち着け。一旦、向こうの出方を待つべきだ」

やろうと思えば再びこちらを攻撃出来た筈なのに、妙に大人しいのが気になる。

相手の位置は把握しているので、念の為に魔力の弾丸を叩《たた》き込めるように構えていると、突如そこから植物の球根みたいな存在が地面を掻《か》き分けながら現れたので爺さんが吠《ほ》えた。

「ぬはは、愚か者めが！　のこのこわしの前に出てくるとはのう！」

「何か爺ちゃんの方が敵みたいだな」

「お爺ちゃん、剣はそのままです」

「ぬう!?」

球根の大きさは成人男性の頭部くらいで、無数の触手と人の口みたいなものが付いていた。どう見ても異様な存在だが敵意は感じられず、爺さんも大人しくなったので反応を待っていると、球根の口らしき箇所から声が聞こえてきたのである。

『ふぅ……剛剣の名に相応《ふさわ》しい見事な一撃でした。御蔭《おかげ》で冷静になれましたよ』

「随分と取り乱していたようだが、それがお前の正体か？」

『はい。栄養さえあれば、私の分身を何度も生み出せる素晴らしい肉体です』

さっさと仕留めるべき存在だとは思うが、これ程の相手がわざわざ弱点を晒《さら》しに来るとは思えないので、下手に仕掛けるのは危険だろう。

それに俺の提案を伝えに戻ってもらわないと困るので、爺さん程ではないが今にも斬りかかりそうなレウスを宥《なだ》めていると、初めて相対する敵にベイオルフが緊張した面持ちで呟《つぶや》いた。

「人の身を捨てたとは聞きましたが、まさかこれ程とは思いませんでした。偽物がこれだとしたら、本物のラムダはどんな姿をしているんでしょうか」

『何か勘違いしているようですが、私は本物のラムダですよ。正確に言うのであれば、複数存在する内の一つ……というべきですかね』

「複数の一つ？　よくわからねえけど、お前は偽物じゃねえのかよ？」

「待て、レウス。こいつは常識で考えない方がいい」

今の内容から推測するに、生まれた分身が母体となるラムダ本体と繋《つな》がったまま連絡をし合う個体群……前世のサンゴ等で見られる群体と呼ばれるものだろうか？

そう考えると、こうして俺たちの前に堂々と姿を見せたのも納得出来る。とにかく俺たちによってこの球根がやられたとしても、ラムダには全く問題がないというわけだ。

「どちらにしろ、ラムダと同じ存在が複数いるという考えは間違っていなかったわけだ。

それにしても今回は随分とお喋《しゃべ》りだが、そんなにも己の秘密を語って大丈夫なのか？」

『知られたところで問題はありません。いえ、寧《むし》ろこの内容をサンドールへ伝えてほしいくらいですね。これまで戦ってきたのは魔大陸にいる魔物たちのほんの一部であり、貴方たちを複数のラムダが狙っている……と』

俺たちがどう足掻《あが》こうと、決して負けない自信と実力があるのだろう。実際のところ未だにラムダどころか、彼の腹心のようなルカとジラードの本気を見ていないのだ。

こうして、サンドールに恐怖を煽《あお》る伝言を頼む為にラムダが現れたという事は理解出来たが、それはつまり……。

「伝えはするが、それは俺の提案を受けたと考えていいのか？」

『ええ、そこまで言うのでしたら全力で攻めてあげましょう。私の計画をここまで邪魔してくれた貴方への敬意と、それを手に入れる為《ため》にもね』

「わかった。最後にもう一つ聞くが、何故《なぜ》お前は聖樹を欲しがる？　すでに国をも滅ぼせる力を持っているのに、これ以上の力を求める理由は何だ？」

『……一日だけ時間を差し上げましょう。二日後の早朝が貴方たちだけでなく、サンドールの最後です』

再び暴走しそうになったのか、師匠のナイフを意識しないように淡々とした言葉を最後にラムダは地面へと潜った。あんなにも欲しがっていながら素直に退いたのは、今の状況でナイフを手に入れるのは不可能だと判断したからだろう。

そして完全にラムダの気配が遠ざかったところで、少し不満気な表情をしたレウスとベイオルフが剣を仕舞いながら俺に訴えてきた。

「シリウスさん、本当に奴《やつ》を逃がして良かったのですか？」

「何か沢山いるみたいだし、あれも今の内に倒しておいた方が良かったと思うぜ」

「二人とも、落ち着きなさい。あれを見逃さないと、シリウス様の提案が向こうに伝わらないでしょう？」

「そういうわけだ。今のが本体と繋がっているのであれば今の内容は伝わっているのかもしれないが、念の為だ」

あの球根は地中を高速で移動していたのだが、自身が動いているというより引っ張られている動きに感じた。おそらくラムダ本体から伸びる蔓で繋がれており、遥か遠くから伸ばしていたのかもしれない。

「とりあえず、これで持久戦ではなく短期決戦に持ち込めそうだ。断られる可能性は高かったが、このナイフの御蔭でヒルガンとルカも現れるだろう」

「しかし、何故ラムダは聖樹様の品物を欲しがったのでしょうか？　先程のあの執着は、復讐《ふくしゅう》とは別な恐ろしさを感じました」

「はぐらかしていたが、少なくとも俺たちにとって良い事じゃなさそうだ。負けられない理由がまた一つ増えたな」

ラムダに渡した聖樹の枝は時間が経《た》てば自壊するようになっていたし、そもそも爺さんの一撃によって粉々に吹き飛んだので問題はあるまい。

とにかく交渉は成功したので、もうここでの作業は必要なさそうだな。

新たな情報も入り皆と共有する必要もあるので、一度基地内に戻ろうと皆に告げてから俺は爺さんへ恨みがましい目を向けた。

「全く、結果が良かったとはいえやり過ぎだぞ。もう少し考えて剣を振れ」

「奴を斬る事には変わりあるまい」

「物事には順序があるんだよ。それで……何故そのポーズで固まっているんだ？」

「エミリアに言われたからじゃ」

確かにエミリアが止めたが、何も剣を振り下ろす途中で止まる必要はないだろうに。

それにその位置なら振り上げた状態の方が楽だというのに、震えるどころか姿勢が全くぶれていない点は流石《さすが》と言うべきだろうか。

「奴はもう去ったようじゃし、そろそろ振り下ろしてもいいかのう？」

「罰として、しばらくそのままな」

「わかりました。お爺《じい》ちゃん、もう少しそのままでお願いします」

「ふむ、腕の鍛錬になりそうじゃし、まあいいじゃろう。というわけで小僧もやれい！」

「今は勘弁してくれよ……」

罰どころか、己の鍛錬として受け入れている爺さんにへこたれるという言葉はないらしい。仕舞いにはレウスとベイオルフまで巻き込まれそうになったので、すぐに切り上げさせて俺たちは基地内へと戻るのだった。

それから前線基地内に戻り、残った者たちを食堂に集めた俺は、先程の内容について詳しく説明した。

ちなみにラムダの登場で真っ先に飛び出しそうだったジュリアだが、親衛隊に止められて我慢していたらしく、今はラムダからの伝言を聞かされて難しい表情を浮かべていた。

「く……あれ程の存在がほんの一部な上に、本物が複数だと？　目の前で見ていなければとても信じられない話だな」

「それだけではありません。奴は俺たちと戦うのを避けているような素振りは見せても、剛剣殿やゼノドラたちを恐れている様子は全くありませんでした。つまりそれ相応の実力を持っている証拠でしょう」

剛剣に近い実力者であるという俺の言葉に、ジュリアと共に残った親衛隊の一部は明らかな困惑を見せていた。普段からジュリアを見ているので強い者は見慣れているようだが、やはり剛剣となると別格らしい。

「ご、剛剣殿でさえも？」

「そのような相手に我々の力が通じるのだろうか？」

「しかし次の戦いはサンドールの目の前となる。もう後がないのなら、我々の全力をぶつける他あるまい」

「ですが、もしラムダの強さが我々どころか剛剣殿を超えていたとしたら……」

先の見えない状況故に悪い事ばかり浮かんでしまうのか、辺りに僅かな沈黙が生まれる。

ラムダに俺たちの力が通じないという可能性を完全に否定出来ない事に加え、話題に挙がった爺さんが妙に静かだからだ。こういう時こそ、あの無駄に大きい高笑いで重い空気を吹き飛ばしてもらいたいものだが……。

「……ぐおっ」

「寝てねえか、これ？」

「長い話になるといつもこうですよ」

さっきまであんなにも騒いでいたくせに、まるでスイッチを切り替えたかの様に眠っていたのである。

まあこの爺さんの場合、相手がどうとか話し合うのは退屈で仕方がないのだろう。語り合う暇があれば、さっさと戦う方が手っ取り早いと考えていると思う。

静かなのは結構なのだが、皆の戦意が下がるのはあまりよろしくない。すぐに爺さんを起こすべきか悩んでいると、先程まで目を閉じて思案していたリーフェル姫が俺へ質問してきたのである。

「一つ聞きたいんだけど、何故全力で挑ませるように仕向けたの？　ラムダを誘い出す為とはいえ、少しやり過ぎというか、貴方《あなた》にしては極端な気がするわ」

交渉次第では全戦力ではなく、一部だけを誘い出せたのではないかとリーフェル姫は言いたいのだろう。

実際、聖樹への執着心を利用すればラムダのみを誘い出せたかもしれないし、そこで眠る爺さんのようにわざわざ危険な道を選ぶ必要はないとも言える。

それでも全戦力を吐き出させようとした理由は……。

「最優先はラムダですが、確実に仕留めておきたい者が別にいるからです」

「そういえば、ラムダに知恵を授けた黒幕がいるかもしれないとか言っていたわね」

「それもありますが、俺が狙っているのはヒルガンですよ」

ヒルガンはラムダの仲間であり、剛剣と同等以上の力を持つと言われる剣士である。レウスの剣を素手で受け止めた点から、それが冗談ではないと思わせる実力者なのは間違いないのだが、女を見れば自分のものにしようと迫る欲望に忠実な男でもあった。実際、俺の妻でもあるエミリアが奴に絡まれたりもした。

ここでヒルガンの名前が挙がると思わなかったのか、レウスとジュリアが不思議そうに首を傾《かし》げていた。

「ヒルガン？　あの男が強敵なのは認めるが、ラムダより優先すべき相手だと思わないぞ」

「いや、あの野郎は絶対倒すべき相手だと思う。ジュリアの髪を乱暴に摑《つか》んだり、姉ちゃんたちを狙った奴だからな」

「何じゃとっ!?」

そこで寝ていた筈《はず》の爺さんが急に目覚めたかと思えば、レウスの胸倉を摑みながら詰め寄っていた。

突然の状況に皆も困惑しているが、自分に怒っているわけではないと理解したレウスは冷静に爺さんを宥め始める。

「落ち着けって、爺ちゃん。別に姉ちゃんたちが何かされたわけじゃねえからさ」

「汚れた目でエミリアを見たんじゃろうが！　一応聞くが、そのよくわからん阿呆《あほう》はどういう奴なんじゃ？」

「ヒルガンの事か？　えーと……とにかく腹が立つ奴だな」

「……サンドールにおいて英雄と呼ばれる剣士だが、全ての女性は己のものだと思い込んでいる男だ」

ラムダの手によって心を破壊されたエルフの女性を、ヒルガンはかなり乱暴に扱っていた。もちろんそれだけではなく、英雄と呼ばれる裏では多くの女性を性的に食い散らかした罪深き男でもある。後に判明した話だが、ラムダの仕業だけでなく、一部の貴族が縁を結ぼうと率先して見目麗しい女性を流していたのだから笑えない。

そんな奴にエミリアが狙われたと知った爺さんは、レウスの胸倉から手を放しながら笑みを浮かべた。いつもの豪快な笑い声ではなく、地獄の底から聞こえてきそうな低い声を出しながらだ。

「そうか……そうか。その阿呆は腕と足だけでなく、指から斬るとしよう」

「待てよ。俺も斬るんだから少しは残しておいてくれよ」

「私の分もお願いする」

「貴方たちね……」

そんな似た者同士のやり取りに、リーフェル姫も頭を抱えているようだ。しかし爺さんが放つ殺気により、親衛隊たちの弱気も吹き飛んだので悪い事ばかりではあるまい。

話が逸《そ》れ始めたので、一旦咳払《せきばら》いをしたリーフェル姫は軌道を修正するように質問を重ねてきた。

「まだ聞きたい事はあるわ。ジュリアと同じ疑問だけど、ヒルガンをそこまで気にするのは何故かしら？」

「危険度の高さではラムダの方が上でしょう。しかし首尾よくラムダを撃破したとしても、魔物を操る知識や魔道具が残っていたら、それを悪用する者が出てきてもっと酷《ひど》い状況になるかもしれません」

「ああ、だからヒルガンなのね。確かにあの男なら、世界中の女を欲しいとか考えそうだわ」

あくまでラムダの目的はサンドールの破滅であり、世界征服ではない。

万が一の話だが、サンドールさえ滅べばそれ以上の破壊活動はしないという可能性がある。故に欲深い者があの技術や知識を継がないよう、相手の全戦力を吐き出させて潰す必要があったわけだ。

「もう一人の側近であるルカも忘れてはいけません。ラムダを倒せば、彼女は復讐の為に形振《なりふ》り構わない手段に出ると思いますので」

「うん、ラムダが傷つくと凄《すご》い剣幕だったもん。気持ちはわかるけど、あんなにも急に怒る人は初めて見たかも」

「そのルカって方は人族と竜のハーフだと聞きましたが、厄介な相手なんですか？」

「強そうだけど、まだよくわからねえ。でも怒った時が凄くてよ、姉ちゃんに怒られた時と似たような怖さが……はっ!?」

ベイオルフの質問に思わず口を滑らせてしまったレウスが冷や汗を流すが、考え事をしていたエミリアの耳には届いていなかったらしい。

何も言わない姉にレウスが安堵《あんど》の息を吐く中、リースが苦笑しながら話を続けた。

「でも、言われてみれば確かにエミリアと似ている部分はあるよね。シリウスさんに何かあるとエミリアって凄く怒るし」

「それだけ尊き主《あるじ》を持つ者なのでしょう。私と同じ……いえ、それ以上の従者かもしれませんね」

ラムダの身に危害が及ぶとなれば、ルカは己の命をも軽々と捨てられる意思を感じられた。その主君への絶対たる忠誠心は従者として最も重要とされる点でもあるので、エミリアも少し思うところがあるらしい。別に倒すのを戸惑っているわけではなさそうだが、後で少し話をしておく必要があるかもしれない。

「とまあ、理由は色々とありますが、やはり一番の目的は持久戦ではなく短期決戦の為《ため》です。これまでの戦いから、防衛戦では勝てないと理解したので」

「そう……納得したわ。となると、もうこの基地に残っている意味はないわけね？」

「ええ。ですが念の為に、もう少し様子を見てからサンドールへ戻ろうと思います。先に向かった者たちも到着していないでしょうし」

次の襲撃が二日後ならまだ余裕はあるし、まず獣王やカイエンたちに事情を説明してもらってから戻った方が良さそうである。

それにゼノドラたちに運んでもらえれば、馬車で半日程度の距離も一時間もあれば戻れそうだからな。

「なあ、兄貴。あいつは全力を出すとか言いながら、二日後にしたのは何でだろうな？全力なら休まず攻めてくると思うんだけど」

「それは俺も思ったが、向こうにも準備が必要なのかもしれない。あんな規模の魔物を簡単に運用出来るのであれば、俺たちと交渉なんてしないだろうし」

「うーん、気にはなるけど、少しは落ち着いて休めるって事だよね？　皆の疲れも溜《た》まっているし、一日でも休めるのは凄くありがたいよ」

「戻っても話し合いや準備もあるから、そう休んでいられないとは思うけどな」

前線基地とサンドールの状況は逐一報告し合っており、最新の情報によるとサンドールの統制と戦力は着実に整いつつあるそうだ。

しかし戦う準備は十分でも、俺の提案した作戦をどこまで受け入れてくれるかが問題である。戦いに誇りを持つ前線基地の兵たちと違い、サンドールの重鎮たちは国の行く末や民の事を考えなければならないので、別な意味で説得に時間が掛かりそうである。

「ならば、今からでもゆっくりとお休みください。仮眠でも、シリウス様にはしっかりとした睡眠が必要な筈です」

「元気そうに見えても、疲れが溜まっているのがわかるよ。フィアさんとカレンちゃんにそんな顔は見せちゃ駄目だからね」

「わかったよ」

今後の方針はすでに決まっているし、エミリアとリースにこれ以上叱られたくはないので、今日はもう大人しく休むとしよう。

「オン！」

「ホクトさんだけでなく、僕とトウセンさんも見張っていますから、ゆっくりと休んで……」

「ええい！　エミリアに言われなければ、その阿呆めを斬りに行ったものを。素振りもするなと言われたし……わしは寝るぞ！」

「……僕が見張っていますから、ゆっくり休んでいてください」

「……無理のない程度に頼む」

いざとなれば本能的に目覚めて暴れるだろうから、爺《じい》さんは放っておいても問題はあるまい。敵陣へ勝手に乗り込む事もエミリアが言い聞かせているので大丈夫そうだ。

というわけで、皆の言葉に甘えて休む事にしたわけだが、妻の一人であるフィアと、教え子であるカレンの名前を聞いて自然と笑みが零《こぼ》れていた。たった数日離れていただけなのに、濃い日々を送っていたせいか妙に二人が懐かしく感じる。

一応、魔道具を使って何度も連絡は取り合っていたので、二人がサンドールの城で無事に過ごせているのは確認済みだ。

きっと優しく包み込むような笑みで迎えてくれるであろうフィアと、時間的に眠っているであろうカレンの寝顔を思い出しながら俺は食堂を後にするのだった。


数時間後、夜明けにはまだ早い時間帯に目覚めた俺は手早く身嗜《みだしな》みを整え、エミリアが作ってくれたエリナサンドを摘《つま》みながら屋上で外の景色を眺めていた。

ここ数日は、暗くて遠くが見えなくとも、闇の向こうから魔物たちの気配をずっと感じていたのだが……。

「……こんなにも静かな夜は久しぶりだな」

「はい。ですが、これが普通なんですよね」

今は魔物たちの呻《うめ》きや物音が聞こえてこず、これまでの襲撃が嘘《うそ》だったかのように思える静かさだ。

俺たちが下がるのを邪魔しないどころか、魔物を遠ざけている点からして、ラムダは俺の提案を呑《の》んだという事なのだろう。

「あの向こうで、ラムダは準備を進めているのでしょうか？」

「だろうな。それにしても……また腕を上げたな、エミリア」

「ふふ。シリウス様が作ってくださる料理には敵《かな》いませんが、これだけは負けませんよ」

様々な面で未知数であるラムダであるが、ここまでくれば後は全力でぶつかるのみだ。

母さんが得意だったエリナサンドを平らげてエミリアの頭を撫《な》でた俺は、竜の姿になって待つゼノドラたちへと視線を向けた。

「行くか。決戦の地で待つとしよう」

「はい！」

《選ばれし者たち》

ラムダとの交渉が無事に終わり、前線基地に残る理由がなくなった俺たちは、ゼノドラたちの背に乗ってサンドールへと向かっていた。

俺たちの家でもある馬車はメジアに運んでもらいつつ、あっという間にサンドールに到着出来そうであるが、突然巨大な竜が飛んでくれば兵たちも正常な対応が出来ない可能性が高いので、町を守る防壁が見えた手前で降りるべきだろう。

どの辺りが着地に適しているか地上を眺めていると、ゼノドラが何かに気付いて俺に教えてくれた。

『シリウスよ、あれは何だと思う？　町の外だというのに、随分と火が多いのだが』

「それだ！　多分あの火が着陸場所の合図だと思うから、その手前で降りてくれ」

『心得た』

防壁から少し離れた地点に見つけろと言わんばかりに多くの篝火《かがりび》が焚《た》かれていたので、あの位置から前へ出ない方がいいだろう。俺の指示にゼノドラは地響きをほとんど立てず地上へ着地し、他の者たちを乗せたメジアと三竜たちもそれに続く。

暗闇でよく見えなくとも巨大な何かがやってきた事には気付いたのだろう。防壁の正門にいる見張りの兵たちが慌ただしい動きを見せているが、ゼノドラの背中から真っ先に飛び降りたジュリアが己の存在を知らしめるように声を張り上げた。

「皆、慌てる必要はない。私が戻ってきたぞ！」

「そ、その声は……ジュリア様だ！」

「ジュリア様！　帰りをお待ちしておりましたぞ！」

　彼女を確認しやすいように、俺が『ライト』を発動させてジュリアの姿を目立たせれば、見張りの者たちはすぐに警戒を解き、安堵するように彼女の名前を呼び始めた。

　それと同時に現場の隊長と思われる男が駆け寄ってきたので、ジュリアが状況を簡単に説明すれば、隊長は驚きながらもすぐに防壁の門を開ける様に部下へ命じていた。

「すぐに門を開かせますのでお待ちください。ところで、そちらの方々は？」

「我々に力を貸してくれる心強い仲間だ。彼等《かれら》も通してくれ」

「はっ！」

　すでに人の姿に変わっているとはいえ、人型の竜である竜族の見た目は中々警戒を抱かせてしまうものだが、ジュリアの一言によって全てまかり通ったようだ。

　そして兵たちの注目を集めながら開かれた正門を通り、カイエンが事前に用意させていた馬車に乗ってサンドールの城へと向かう俺たちだが、その道中でジュリアがとある提案をしてきたのである。

「まだ夜明け前だが、カイエンが戻っているのなら父上たちも起きている筈《はず》だ。城に戻ればすぐに会議室へ向かう事になると思うが、シリウス殿たちは先に家族へ顔を見せに行ってはどうだろうか？」

「お気持ちはありがたいのですが、まずは報告を優先するべきだと思います」

少し前に『コール』で帰還する事を伝えてはいるので、そこまで急ぐ必要はない。

本音を言えばすぐにフィアとカレンの顔を見に行きたいところだが、ラムダと交渉してしまった以上は俺が説明する義務があるだろう。

姉弟は会議室へ連れて行くので、リースにフィアへの説明を頼もうかと考えていると、俺の返答がお気に召さなかったらしいジュリアが真剣な表情で首を横に振ったのである。

「いや、シリウス殿は少し遅れてきた方がいい。作戦の為とはいえ、敵であるラムダと交渉した事で感情的になる者も出てくると思うから、事前に私がある程度は説明しておいた方がいいと思うのだ」

「……わかりました。お言葉に甘えさせていただきます」

「なに、元々は私たちから始まった問題なのだ。シリウス殿はもっと自分と家族の方を優先してほしいと思う。後で使いの者を送るよ」

確かにジュリアの言う通りだな。状況的に優先すべき事はあると思うのだが、だからと言って家族を疎《おろそ》かにするのはよろしくない。幼い子もいるのだから尚更《なおさら》だ。

そのままレウスへ話し掛けているジュリアから視線を外した俺は、城の方角を眺めながら帰りを待つ家族の様子を思い浮かべた。

「フィアは起きているみたいだが、カレンはもう眠っているだろうな」

「先程フィアさんに魔法で伝えていましたよね？　向こうの様子は聞かなかったのですか？」

「ちゃんと顔を見て話したいからって、お互いに無事な点以外はあまり話していないんだ。最後は気を付けて帰ってきなさい……って、まるで母親みたいな言い方だったよ」

「ふふ、だって本当の母親になるもんね。フィアさんとカレンちゃんの顔が早く見たいな」

考えてみれば、フィアと大人になって再会してから、こんなにも離れて過ごしていたのは初めてかもしれない。

彼女のお腹《なか》には俺の子供がいる事だし、今後は出来る限り傍《そば》にいて心身の負担をもっと減らすようにしなければな。

そんな事を話している間に城へと到着し、親衛隊を連れたジュリアと別れた俺たちは、リーフェル姫たちとゼノドラたち、そして爺さんとベイオルフを連れて二人がいる部屋へと向かった。

カレンが眠っている事を考え、なるべく音を立てないように部屋の扉へ近づいていたのだが、俺たちの接近に気付いたフィアが扉を開けて出迎えてくれたのである。

「……おかえり」

「……ああ、ただいま」

穏やかな笑みで迎えてくれたフィアの姿に安堵を覚えていると、唐突にフィアが両手を広げて俺を包み込むように抱き締めてきたのである。そういえば、帰ってきたら優しく抱き締めてあげるとか出発前に言っていたな。

少し恥ずかしいが、彼女の体温と鼓動を感じていると不思議なくらい心が落ち着いてくる。この世界では俺の故郷は存在しないようなものだが、まるで我が家へ帰ってきたかのような気分だ。

「皆もおかえり。はい、ぎゅーっとしてあげるわね」

「ただいま戻りー……わぷ!? も、もう少し優しくお願いします」

「あは、ただいま。フィアさんの方は何事もなかったみたいだね」

「ええ。今はいないけど、あの第一王子様が色々と頑張ってくれたから」

サンドールの第一王子……サンジェルがフィアたちの面倒を見ると言ってくれたが、彼女の様子から約束はしっかりと守ってくれたようだ。

何でも個人的な思惑でフィアに近づこうとする者や、カレンやヒナに手を出そうとする連中を片っ端から追い払っていたらしい。

今頃彼は会議室で父親と一緒にいるそうなので、後で礼を伝えようかと考えていると、リースとレウスにも抱擁を済ませたフィアが爺さんとベイオルフへと近づいていた。

「貴方《あなた》は確か……ベイオルフよね？」

「は、はい！ 色々とありましたが、ようやく追いつけました。これから僕もお世話になります」

「ええ、よろしく。それで、こっちのお爺さんが、さっき聞いた剛剣なのね」

「わしはイッキトウセンじゃ。剛剣なぞ知らぬ！」

「こんな事言っているけど、爺ちゃんは剛剣で間違いないぜ。それよりフィア姉、マリーナを見てくれよ。色々大きくなったと思わねえか？」

「何よそれ。そんな大雑把に説明しないでよ」

出発前に比べ随分と人数が増えてしまったので、各々が会話を交わして再会を懐かしんでいる中、俺は部屋にいる筈のカレンを探していた。

その俺の様子に気付いたのだろう、フィアが口元に人差し指を当てながら部屋の奥を指したのでそちらに視線を向けてみれば、隣部屋のベッドに座って本を読むカレンの姿があった。

へぇ、こんな時間まで起きているなんて珍しいものだ。しかし皆が帰ってきたのに、妙に反応が薄いなと思いつつ近づいてみれば……。

「ん、んぅ……」

カレンは本を開いたまま眠っていたのである。

いや……時折首を横に振っているので辛うじて起きているようだが、最早《もはや》いつ寝落ちしてもおかしくはない。どうりで俺たちが帰っても反応をしないわけだ。

「ただいま、カレン。皆、無事に帰ってきたぞ」

「んぁ……まだぁ……」

「あら、もう眠過ぎて相手もわからないのね。ここは抱っこしてあげたらどう？」

フィアの説明によると『コール』で俺たちが戻ってくると知ったカレンは、起きたまま俺たちを出迎えようと必死に眠気と戦い続けていたらしい。

その頑張りに自然と頬が緩む中、カレンの体を優しく抱き上げてやれば、さすがに気付いたのか寝ぼけ眼で俺の顔をじっと見てきた。

「……せん……せぇ？」

「ああ、先生だぞ。いい子にしていたか、カレン？」

「……おかぁ……りぃ」

「ただいま。ほら、皆帰ってきてただいまもしたから、もう眠っても平気だぞ」

「ん……」

そのまま頭を撫でてやれば安心したのか、カレンは目を閉じて穏やかな寝息を立て始めた。隣のベッドを見ればラムダが置いて行った少女……ヒナも眠っていたので、その横へカレンをそっと寝かせていると、先程まで聞こえていた皆の会話がほとんど聞こえなくなったのである。フィアが周囲の音を阻害する魔法を使ってくれたようだ。

「後で添い寝でもしてあげてちょうだい。あまり口にはしなかったけど、貴方たちがいなくて寂しそうにしていたから」

「そうだな。やる事をさっさと済ませて、また色々と教えてやらないとな」

最後にもう一度だけカレンの頭を撫でた俺は、フィアと微笑《ほほえ》みを交わしてから静かにその場から離れるのだった。

それからフィアに前線基地での出来事を説明し、今後について話そうとしたところで部屋の扉がノックされた。どうやら俺たちを呼びに来た使いのようだが、現れたのは何と会議室にいる筈のサンジェルだったのである。

「おい、全員いるか？　親父《おやじ》が呼んでいるぞ」

「わかりました。しかし、サンジェル様がどうしてここに？」

「そうね。使いなら他の人に任せればいいのに、何で貴方がやっているのよ？」

「うるせえな。俺が来たら不味《まず》いのかよ？」

俺たちがいない間に仲を深め、今ではちょっとした酒飲み仲間になっているらしく、フィアとサンジェルの間に遠慮はなくなっているようだ。

彼の様子からして自ら名乗り出て俺たちを呼びに来たようだが、まさか国の第一王子自らが使い走りのような事をしているとはな。どう反応すればいいか少し困っていると、部屋に入って来たサンジェルが何かを探すように辺りを見回している事に気付いた。

「ところで、ちびたちはどうなった？」

「心配しなくても、皆が帰ってきて安心したからぐっすり眠っているわよ。寝顔くらい見ていく？」

「いや、寝たのならそれでいい。起こしたら可哀相《かわいそう》だろ」

「ちびたちってカレンとヒナの事か？」

「そうよ。この人、何だかんだでカレンとヒナが気になって仕方がないのよ」

「な、何だその目は！　ちびのくせに我慢している姿が気に食わなかっただけだ！」

　周りの視線が気になり怒鳴るサンジェルだが、残念ながら全く怖さを感じなかった。

　どうもフィアの話によると、彼は時間があれば頻繁に三人の様子を見に来ていたらしく、子供たちと遊んであげたり、カレンの要望で城の図書室を案内したりと、まるで保父さんのように世話を焼いていたそうだ。

　前線基地へ向かう前は、相棒と思っていたラムダの裏切りで怒りや後悔に苦しんでいたものだが、今のサンジェルは随分と表情や雰囲気が柔らかくなっていた。時間が経《た》って落ち着いたのもあるだろうが、無邪気な子供の相手をしている内に心の余裕が生まれた御蔭《おかげ》だろう。

「俺の事はいいから、さっさと行くぞ。あまり遅くなると連中の小言が増えるぞ」

「すぐに行きます。じゃあ行ってくるから、皆は休んでいてくれ」

「うん。いってらっしゃい」

「私もゆっくりさせてもらうわ。リースの魔法で体を洗ってもらうのはいいけど、そろそろお湯に浸《つ》かりたいところね」

　交代で見張りながら休んでいたとはいえ、前線基地ではゆっくりと休めたとは言えなかったからな。

ラムダが攻めてくる二日後……いや、すでに日付は変わっているので、明日の朝までにしっかりと休んでおきたいところだが、まだやるべき事は多いので関係者への説明を手早く済ませるとしよう。

律儀に待っていてくれるサンジェルと共に、俺は姉弟と援軍の代表であるゼノドラを連れて会議室へと向かった。


そしてサンジェルと一緒に会議室へ到着するなり、様々な感情が入り混じる視線が一斉に俺たちへと刺さった。

竜族のゼノドラへ対する興味や緊張もあるが、向けられる視線の大半は俺にであり、怒りや戸惑い等とあまりよろしくない感情が遠慮なくぶつけられている。まあ、俺の勝手な行動を考えれば当然か。

そんな無数の視線を適当に受け流しつつ、椅子に座る獣王とカイエンに目礼しながら指定された席に着けば、上座で腕を組んでいたサンドール王が俺たちを一瞥《いちべつ》してから口を開いた。

「揃《そろ》ったか。なら、会議を続けるとすっか」

「お待ちください。剛剣殿がいらっしゃらないようですが、彼はどこに？」

早速爺《じい》さんがいない点を臣下から指摘され、サンドール王がどうなんだと言わんばかりな視線を向けてきたが、俺は首を横に振りながら爺さんの意向を伝えた。

「剛剣ライオルですが、彼はこういう場に出たくはないと断られました」

「ひ、非常事態だぞ!?　せめて顔くらいは出すべきではないのか？」

「自分は前に出て剣を振るうだけなので、話を聞いたところで関係はない……と。それと昔を思い出して暴れたくなるとも言っていました」

「「「………」」」

この場に関わっている者がいるかわからないが、かつてサンドール国の貴族たちが爺さんの怒りを買った事は知っているのか、それ以上口を挟む事はなかった。

そうして静かになったところで、サンドール王は場を仕切るように改めて語り出す。

「さて、一度状況を確認するぞ。ジュリアとカイエンの報告を纏《まと》めたところ、前線基地は完全に放棄する事になったわけだな」

「はい。申し訳ございません、父上」

「わかったから、もう頭を下げるな。今は後悔するより先を考えるぞ」

「もちろんです！」

以前のサンドールであれば現状を把握出来ず、騒ぐだけの阿呆《あほう》がいたかもしれないが、今はそういう連中は掃除されているのか、ジュリアやカイエンを責めるような者はいなかった。

「王よ。考える事は沢山ありますが、まずは先程ジュリア様から聞いた内容について話し合うべきです」

「その通りだ。ただでさえ窮地だというのに、シリウス殿は何を考えているのだ？」

「理由があるそうだが、我々を納得させるものであろうな？」

代わりに俺への風当たりが強い。

事前にジュリアが伝えていなければ話をするなり怒鳴られたり、責任を取れと罵倒されたりしてもおかしくはなかっただろう。

しかし勝手な事をしたのは事実であり、非難される事は予想していたので小言は受け入れるつもりだったが、そもそもジュリアはどこまで説明したのだろうか？

その点について聞いてみれば、俺がラムダと交渉し、奴等《やつら》を前線に引っ張り出させたという以外はあまり詳しく話していないらしい。

「これはシリウス殿が考えた策なのだから、詳細は貴方が語るべきだと思ったんだ。ちなみに私がシリウス殿の考えに同意しているのはしっかり伝えてあるぞ」

「お前が納得しているのはわかったから、ちょっと静かにしていろ。なあ、シリウスの兄ちゃんよ。別に文句はないんだが、とりあえずお前さんの考えをここで全部ぶちまけてほしいところだな」

事前に伝えておくと言っていたのに説明不足な気がするが、ジュリアなりに俺を尊重しての行動のようだ。

とはいえ早く説明しろとサンドール王が促すので、前線基地でも説明した内容を俺はもう一度語る事になった。

魔物を操っている大元……ラムダか黒幕らしき者を倒さなければ、魔大陸から押し寄せる魔物の増援は尽きない事。

そして魔物を操る知識と技術が存在するのなら、ラムダだけでなく欲望に忠実なヒルガンと、復讐《ふくしゅう》に燃えそうなルカも確実に仕留めなければ、サンドールどころか世界の危機を招きかねない可能性……等々、考え得る最悪の事態を俺は淡々と語った。

「……というわけで、敵の全戦力を吐き出す為《ため》に全力で来いと挑発しました。そして首尾良くラムダは俺の提案に乗ってくれたので、明日の朝に前線基地方面の平原にて正面からぶつかる予定です」

「事情はわかったが、こちらから打って出るのはやり過ぎではないか」

「お気持ちはわかります。本来であれば強固な防壁を生かすべきだとは思うのですが、それでは前線基地の繰り返しになりますので」

守る側が有利だとしても、敵はそれを上回る兵力……魔物を保有しているのだ。あの大群を相手に持久戦では活路を見出《みいだ》せないのである。

その点については毎日送っていた報告から理解はしているようだが、稼いだ時間で戦力は十分に整い、更に剛剣と竜族たちが仲間に加わったせいか、一部の者は保守的な考えが強くなっているようだ。

「だが、同じ結果にはなるまい？　近隣の兵たちも招集して装備も整えたし、もう数日持ち堪《こた》えればアービトレイからの援軍も到着する筈《はず》だ。そうであろう、獣王殿？」

「うむ。大軍故に正確な時間はわからぬが、近々到着するだろう。だが私の意見を正直に言わせてもらうのであれば、私の国の軍が加わったとしても、守りに徹していては何も変わらぬだろう」

「獣王殿までそのような事を？　それ程の敵というわけか」

「いや、敵が強大ならば尚更《なおさら》正面からぶつかるのは避けるべきだ。あの剛剣とそちらの竜族たちが力を貸してくれるのならば、もっと効率的に運用するべきだろう」

戦いに誇りを持つ前線基地の者たちはすぐに賛同してくれたが、現場を見ていない城内の文官たちは反対のようだ。

彼等の場合、戦いが終わった後の経済を考えなければならない立場なので、守りの利点を捨ててまで突撃するという思い切った手段はなるべく避けたいのだろう。

被害は少しでも減らしたいという気持ちはわからなくもないが、そうも言っていられない状況であるとはっきり告げようとしたその時、静かに状況を窺《うかが》っていたゼノドラが溜息《ためいき》を吐《つ》きながら口を開いたのである。

「すまぬが、私から口を挟ませてもらおう。我々がここにいるのは友であるシリウスに呼ばれたからであり、この国を救う為ではない。故にシリウス以外から指示を受けるつもりはないと先に宣言しておこう」

「「なっ!?」」

「へ、ははは！　確かに竜の兄ちゃんの言う通りだな。お前等、さっきから守る事ばかり口にしているが、他に何かいい考えはあるのか」

「そ、それは……」

「これ程の相手に、簡単に策が浮かぶような状況ではありませんし……」

「つまり考え中ってわけだろ？　ならすぐに反論しようとせず、もっと考えてから口を開け。それに兄ちゃんの話はまだ終わっていないようだぞ」

　ゼノドラの発言に一部の者が動揺していたが、サンドール王が上手《うま》く宥《なだ》めてくれた。同時に視線で早くしろと促してくるので、俺は目礼しつつ続きを語る。

「確かに正面から挑むのは危険です。ですが目標であるラムダたちの姿が確認出来たとしても、さすがにのこのこと前へ出てくるとは限りません」

「だから余力を残している内に、正面突破で連中の首を取るってわけか？」

「はい。それ故にゼノドラたちの力を借りる事となりましたが、今の私たちにはあの剛剣ライオルもいます。決して無謀な策ではないでしょう」

　空の魔物はゼノドラたちに任せられるし、地上では無類の強さを誇る爺さんがいるのだ。分の悪い賭けではないと気付いて表情を明るくする者も出てきたが、やはり否定的な者がまだ多い。

　そんな彼等を眺めていたサンドール王は、先程から一言も発さずにいる息子を一瞥してから俺へ鋭い視線を向けてきた。

「なるほど、兄ちゃんの理屈はわかるぜ。だが壁を捨ててまで突撃するってのは、犠牲を増やす馬鹿な選択だとは思えないのか？」

「そう思われても仕方がありません。ですが、今はその馬鹿な行動が必要な筈です」

「損害を増やす行動のどこが必要なんだ？」

「この際、はっきり言います。世界に名高きサンドールが、余所者《よそもの》の力だけで窮地を脱した国だと思われてもいいのでしょうか？」

ラムダが国を破壊しようとするのは、一部の者たちによる傲慢な行動による復讐である。

つまり自業自得によって生まれた事件だというのに、俺たち余所者たちの力だけで解決してしまうのは情けないにも程がないだろうか？　一体何の為の国であり戦力なのだと、国民の不信感が募ってしまうかもしれない。

「すでに事が大きくなり過ぎていますので、情報統制等で誤魔化すのは不可能に近いと思います。故に一部の戦力だけでなく、全体で挑む姿勢を国民たちに見せなければならないのでは？」

「ふん、痛いくらいの正論だぜ」

「わ、我々もそれくらいは理解しておる！」

「だがそう簡単に決められる話では……」

「……つまりよ、お前たちと一緒に馬鹿をやる連中を集めているって事だよな？　人数は揃っているのか？」

そこで判断に迷う文官たちの言葉を遮るように、突如サンジェルが発言したのである。

他の音で掻《か》き消されてしまいそうな独り言だというのに、不思議と彼の声は皆の耳へ通り、気付けば誰もが黙ってサンジェルへと注目していたのである。

「そうですね。前線基地で戦った皆さんは同意してくれましたが、確実にラムダを倒すのであればもっと戦力が欲しいところですね」

「なら俺もお前の案に乗らせろ。ジュリア程じゃねえが、多少なら剣の腕に覚えはある」

「なっ!? それはなりませんぞ！」

「まだ継承の儀が済んでいないとはいえ、次代の王が軽々しく前線へ出るなど！」

「なら尚更だろうが！　こういう事態だからこそ、全員の先頭に立って導き、戦うのが王じゃねえのかよ？」

ただ現れただけで場を制した父親程ではないが、今のサンジェルには間違いなく王としての威厳を放っていた。その証拠に、彼の勢いに呑《の》まれて言い返す者が現れないからだ。

ラムダに裏切られた怒りと後悔を乗り越えて精神的に大きく成長したのか、たった二、三の言葉で場を制し始めているサンジェルに、サンドール王は感情を殺した声で息子へ問いかけた。

「威勢はいいが、お前がやるべき事はわかってんのか？」

「ああ、生きて帰れってんだろ？　心配しなくても親父《おやじ》より立派な王だと認められるまで死ぬつもりはねえよ」

「そうか、ならいい。お前の好きにしろ」

「よ、よろしいのですか!?」

「戦場では何が起こるかわかりません！　ましてや、今回の敵は前線基地でも止められなかった大群ですぞ」

「だからこそだ。守っていても物量で押されちまうんだから、この作戦はそこまで悪い話でもねえだろ。それにちょいと大変そうだが、こいつが俺の跡に相応《ふさわ》しいか見極められる最高の機会じゃねえか！」

サンドール王の性格からして、こういう場では積極的に発言をしていた筈の彼が妙に大人しかったのは、跡継ぎであるサンジェルが動くのを待っていたのかもしれない。

そしてそれに応える様に息子は堂々とした振る舞いを見せたので、このような事態だというのにサンドール王は満足そうな笑みを浮かべていた。幼い頃から見守ってきた弟子を持つ身として、子の成長が誇らしい気持ちはよくわかる。

「次代の王が行くってのなら、俺たちも全力で乗っからねえとな。剛剣と竜族たちと協力して、いっちょ派手にやってやろうじゃねえか！」

「は、はあ……王がそう言うのであれば。ですが本当に大丈夫なのでしょうか？」

「それに打って出るのであれば、防衛の為に用意した策が幾つか無駄に……」

「若い連中がここまでやる気を出してんだ。細かい事をぐだぐだ言っていないで、てめえ等も腹を括《くく》りやがれ。獣王もやる気なんだろ？」

「当然。放っておけば我が国の脅威となる存在を放置など出来ぬし、何よりシリウス殿には世話になったのだ。共に戦ってほしいと頼まれれば、我々は喜んで力を貸そう」

不敵な笑みを浮かべながら俺に賛同するサンドール王と獣王の姿に、反対していた者たちも覚悟を決めたようだ。それで重苦しかった会議室の雰囲気が少しだけ軽くはなったが、作戦内容や布陣等と話し合う事はまだ沢山ある。

まずは戦況に大きく影響を与える実力者たちの配置について話そうとしたのだが、サンドール王の話にはまだ続きがあった。

「つーわけで、この突撃部隊の総大将はサンジェル……お前だ。俺は後方で息子の活躍をしっかり眺めさせてもらうぞ」

「はあ!?　そんな経験は俺にはないんだから親父がやれよ。俺は前線で適当な隊長として剣を振るっていれば……」

「馬鹿野郎。病み上がりの俺に戦場へ出ろってのか？」

「何が病み上がりだ！　そろそろ暴れたいとかぼやいていたくせによ！」

サンジェルの言葉に同意するように臣下たちも深く頷《うなず》いているが、当の本人はやる気はないと言わんばかりに手をひらひらと振っていた。

彼はラムダの策略により半年近く眠り続けていたので、体が鈍ったまま戦場に出るのを控えているように聞こえるが、本音は別にあると思われる。

「さっきも言っただろ？　お前が跡継ぎに相応しいか見てもらえってな。次代の王が率いる軍で連中をどうにかしてこい！」

「……そういう事か。上等だ！　この戦に勝って、俺の名を親父より広めてやるよ！」

「はは、その意気だ。けどまあ、戦場では素人のお前に総指揮を執れってのは厳しいだろう。だから俺様が餞別《せんべつ》をくれてやる。フォルト！　カイエン！」

「「は！」」

「現在の任を解き、お前たちをサンジェルの直属に任命する。己《おの》が力を振り絞り、次代の王へ尽くせ！」

「「御意！」」

ジュリアの指導係であるフォルトに、前線基地の総指揮官であるカイエン。

サンドール国において名だけでなく実力も優れた二人を息子に預けたという事は、それだけ期待しているだけでなく、全てを託したという意味なのかもしれない。

その事を誰よりも理解しているであろうサンジェルは、臣下の礼を向けてくる二人を茫《ぼう》然《ぜん》と眺めていたが、やがて両手で己の頬を叩《たた》きながら気合を入れていた。

「ふぅ……色々足りねえ部分はあるが、俺も死ぬ気でやるから頼んだぜ。フォルト！　カイエン！」

「お任せを！　このフォルト、貴方《あなた》の敵を薙《な》ぎ払う槍《やり》となり、全てから守る盾となりましょう！」

「この戦いで完全に隠居しようと考えておったのですが、新たな王の為《ため》ならば力を振るうとしましょう」

「隠居だとか腑《ふ》抜《ぬ》けた事を抜かすな。お前は参謀として、サンジェル様を勝利に導く事だけを考えておればいい」

「わかっておる。若き王の為、存分に力を振るうとしよう。早速だが、突撃部隊の布陣について決めるとしましょう」

　溜息を吐きながらも、やる気に満ち溢《あふ》れた笑みを浮かべるカイエンは、会議室の中央に置かれた地図に木彫りの駒を幾つか用意した。

「今回の突撃部隊には、魔物の大軍を突破して強敵を討ち取るという、相応の実力と速さが必要となる。そして敵の主力たちが別々に配置されていると考えて部隊は三つに別《わ》ける予定だが、続きは作戦の立案者であるシリウス殿に説明してもらおうと思う」

「ふむ、ジュリア様たちを納得させた内容であるのならば気になるな。早速だが頼む」

「わかりました。エミリア、手伝ってくれ」

「はい！」

　前線基地でも説明したように、俺はエミリアの手を借りながら地図の上に用意された駒を並べていく。防壁の外に広がる平原に大きい駒を三つ並べ、その周囲に兵たちを現す小さい駒を数個置いてから説明を始めた。

「この作戦を簡単に説明しますと、地図に置いた駒のように三つに別けた部隊……左翼と右翼、そして中央から同時に突撃して大軍を突破します。そしてラムダたちを仕留めるという流れになりますが、他にも優先すべき相手がいます」

「ラムダたち以外にも厄介な存在がいたのか？」

「すでに報告が届いていると思いますが、周囲の魔物を活性化させる能力を持つ人工的に作られた魔物です。おそらく魔物を操る力も効果範囲が決まっているのか、その人工魔物を中継して魔物を細かく操っているようなのです」

戦場のあちこちに紛れている、複数の魔物をくっ付けた合成魔獣《キメラ》のような存在を倒せば、周囲の魔物の動きが大きく乱れ、共食いをしている姿も確認されていたので、前線基地では合成魔獣《キメラ》を優先的に倒して魔物たちの統率を崩していたのだ。

事前にジュリアとカイエンから聞いてもよくわからなかったのか、俺の説明を聞いても首を傾《かし》げたりする者が多々見られた。

「人の手で作られた魔物か。俄《にわ》かには信じられんが、どのような姿をしているのやら」

「様々な魔物を無理矢理繋《つな》ぎ合わせた、得体の知れない姿だったぞ。私も向こうで何体か斬ったが、見ているだけで気分が悪くなる姿だった」

「とりあえず俺は合成魔獣《キメラ》と呼んでいます。その合成魔獣《キメラ》を出来る限り撃破し、ラムダたちを仕留める事が出来れば無限に近い増援を止める事が出来ると思うので、その時こそ籠城戦が有効になるでしょう。細かい部分はこれから皆と話し合う予定ですが、これが突撃作戦の流れとなりますね」

「ほう、俺はそういう単純なやり方は嫌いじゃねえが、話だけ聞くと随分と乱暴な作戦のようだな」

「敵の戦力が未知数ですし、乱暴なのは否定しません。ただ、この作戦を可能とする人材は揃《そろ》っているので、決して不可能な作戦ではありません。各隊の連携や動きは作戦に参加する者たちが確定してから決めたいと思っていますが、俺から各部隊の核となる者の配置を提案させてもらいます」

兵を率いる隊長のようなものではなく戦力として重要な者の配置を説明する為に、俺はまず右翼側に置かれた大きい駒を指差した。

「まずこの右翼を中心とするのは、剛剣ライオル殿です。ただし彼と共にする兵の数は少ない方がいいでしょう」

「何故《なぜ》だ？　多くするのはわかるが、少なくする理由はなかろう」

「彼の場合は、周りの味方を巻き込んでしまう可能性が高いのです。その辺りはジュリア様とカイエン殿がよくわかっているかと」

そこでジュリアとカイエンに注目が集まると、ジュリアは満面の笑みで誇らしげに頷き、カイエンはあまり語りたくないとばかりに乾いた笑いを漏らしている。

そんな様子だけで爺《じい》さんの凄《すさ》まじさが伝わったのか、詳しく聞く事は誰もしなかった。

「り、理由はわかったが、そこまで兵士を減らさなくてもいいんじゃないか？　兵たちを指揮する者も選別しなければならぬし」

「それはもちろんです。なので、そちらから部隊長を数人程選んでいただきたい。剛剣を補佐する者は私の方からも二人出しますから」

爺さんの強さは群を抜いているので、魔物の群れに一人放り込んでも平気そうではある。問題は、あの爺さんが戦場に適した動きをしてくれるかどうかなのだが、その点においては最も適任な人物がいるのだ。

「ここにいませんが、剛剣としばらく旅をしていたベイオルフと呼ばれる私の弟子です。そしてもう一人は、こちらにいるエミリアです。戦い始めると周囲の声が聞こえなくなる剛剣ですが、彼女の言葉ならしっかり届きますので」

「共に旅をしていた者はともかく、そのお嬢さんが？」

「剛剣と何の関係があるのだ？　肉親だとでも？」

「血の繋がりはありませんが、剛剣から孫のようにエミリアは可愛《かわい》がられているからです。そして彼女なら剛剣の暴走を止めるだけでなく、様々な面で活躍してくれるでしょう」

「シリウス様の弟子として当然でございます」

弟子でありながらも従者として俺を支え続けているエミリアは、主《あるじ》を様々な面で支える補佐としての能力が高い。彼女ならば冷静に戦況を見極め、あの爺さんを上手《うま》く誘導してくれるだろう。

とはいえこの場にエミリアの事を知らない者が多く、大半が彼女を不思議そうに眺めていたが、すぐに補足するようにカイエンが語り始めた。

「エミリア殿ならば問題ないでしょう。実力面だけでなく、彼女の的確な行動によって命を救われた兵がいたのを私は何度も見ておりますので」

「私もだ！　エミリア殿に任せておけば問題はないさ」

将来の義姉だからな……と言わんばかりに、誇らしげな表情で語るジュリアの後押しによって右翼の主力は決定した。

選んだ三人と共にする兵たちは後で決める事にし、続いて左翼の陣地を指しながら説明を続ける。

「そして左翼ですが、こちらは機動力と突破力を重視とした者たちとなります。ジュリア様に獣王様のご子息であるキース様と、こちらのレウスと彼の親友であるアルベリオの四人を筆頭に編成するべきかと」

前線基地で最も危険な場所で戦い続けただけでなく、何度も敵の大群へ突撃し攪乱《かくらん》までしていた四人の連携は相当に高い。

何より個々の実力も申し分ないので、この四人で組ませるのが一番だろう。

「右翼の兵を少なくした分、こちらに兵力を少し多めに割り振るべきでしょう。敵陣を一気に駆け抜ける分だけ危険ですが、ジュリア様たちならば可能と思います」

「私なら望むところだ。向こうで散々やってきたし、今回は突撃に専念出来る分だけ気が楽なくらいさ」

「だな。あの連中を探し出して俺たちが斬ってやるぜ」

「全く、頼もしい妹とその婚約者だな。この戦いが終わったら結婚しちまえよ」

「今のは良い事を言ったぞ、兄上。もっと言ってほしい！」

どこかずれた兄妹のやり取りに、僅かだが笑い声が部屋に響き渡った。

大事な場面ではあっても、緊張し過ぎたり、集中していると視界が狭まって作戦の穴が出てくる可能性もあるので、緊張が解《ほぐ》れるのは良い事だと思う。

結果、左翼の配置について問題はないと一致したので、続いて最も数を必要とする中央の部隊についての説明に入る。

「最後に中央ですが、総大将であるサンジェル様を中心に、獣王様とフォルト殿にお願いしたいと思っています。速さよりも魔物を確実に殲滅《せんめつ》する部隊なので、兵の数も一番多くするべきでしょう」

中央に兵士を集中させる理由は、確実に魔物を殲滅する為である。もし首尾良く魔物を操る能力や魔道具を無力化出来たとしても、そこにいる魔物がいなくなったり、逃げたりするとは思えないからだ。

故に敵主力の撃破は右翼と左翼に任せ、中央は少しでも魔物の数を減らす事に専念させるのである。

他にも右翼と左翼の補給や休憩場所、そして逃げ道を確保するという重大な役割もあるので、中央の規模は可能な限り大きくするべきだ。

「以上が、俺が提案する布陣です。前線基地にいた方々は賛同してくれましたが、他の皆さんから見て気になる点はありますか？」

「うーむ……カイエン殿が納得しているのであれば、我々があまり口を出す点はなさそうだな」

「私も特には。そういえば、そちらの竜族の方々はどこに配置するのだ？」

「彼等《かれら》は空から迫る魔物に専念していただく予定です。前線基地よりも激しさが増す上に、地上の戦いが主になるのでそちらへの援護が厳しいとは思いますが……」

「心配はいらぬ。どれだけ数が増えようと、我々の敵ではない」

妙にゼノドラが自信たっぷりな言い方をしているのは、前線基地にいなかった者たちを安心させる為だろう。

実際、その威厳ある言葉によって安堵《あんど》の表情を浮かべている者が何人も見られた。

「ただ、右翼と左翼から零《こぼ》れた魔物が後方の防壁を狙ってくる可能性も高いので、正門を守る兵も残さなければなりません。それについては皆さんと話し合うつもりでした」

「うむ。集まった兵の数が判明してから決めたいところだが、とりあえずは全兵力の半分に壁を守らせ、残りを突撃部隊に回すのが妥当でしょう」

そこから更に細かく決めた結果、半分となった兵力からエミリアと爺さんがいる右翼に一割、レウスたち左翼に三割、そして中央に六割を基準に配置する事に決まった。

その内容を手元の紙にメモをしているカイエンだが、唸《うな》るように呟《つぶや》きながら一旦手を止める。

「各隊の陣形と号令はこれから決めるとして、問題はどれだけ兵を集められるか……ですな」

「剛剣が共にいると知れ渡れば、冒険者や義勇兵は更に集まりそうですぞ。状況はあれですが、流れは悪くありません」

「義勇兵？　そういえば住民たちの避難はどうなっているのでしょうか？」

馬車で移動中に広範囲の『サーチ』で簡単に調べてみたのだが、サンドール全体の住民数は前線基地へ向かう前とほとんど変わっていないように感じた。

話によると、この状況を完全に隠す事は不可能なので、俺たちが時間を稼いでいる間に魔物の大群が迫っていると国民へ説明したそうだが……。

「これが驚いた事に、俺の国から出て行った奴《やつ》はほんの一部だけだとよ。それだけ信頼されているのか、逃げる当てがないのかはわからねえが、負けたら世界中に知れ渡る恥と大惨事になるな」

「そのせいか、民からの義勇兵も結構集まったみたいだぜ。あの野郎を恨んでいる奴が多いってのが複雑だが……」

「ラムダがやってきた悪事を全て晒《さら》し、見事な悪役に仕立て上げていましたからな。どれだけ寝坊しようと、王の口車が健在なようで何よりです」

「色々気に食わねえやり方だが、完全に俺たちの敵になったんだ。なら、とことん悪役にしてやるまでだよ。それに奴のせいで人生を狂わされた連中も多いし、怒りを発散させる場も用意してやらねえとな」

守るべき民を動員するのは非情とも言えるが、いざとなればそういう判断をしなければならないのも王だと思う。

あるいはこれから起こるであろう、国からの反発といった悪い部分を全て己が背負い、サンジェルへ王位を継がせようとも考えているのかもしれない。

王としてだけでなく、我が子の為《ため》に動いている父親の姿に感銘を受けていると、隣から欠伸《あくび》を堪《こら》えるような音が聞こえてきた。

小さい音であるが、ちょうど会話が途切れた瞬間だったので注目を集めてしまい、レウスは慌てて口元を押さえながら頭を下げていた。

「ははは、さすがに眠たいようだな」

「ごめんー……も、申し訳ありません」

「気にするな。これまで存分に戦っただけでなく、今はもう夜明け前なのだ。眠たいのも当然だ」

サンドール王は軽く笑い飛ばしながらレウスを労《ねぎら》うと、会議を一度中断するように告げてから俺とジュリアに視線を向けてきた。

「後は俺たちだけで十分だ。前線基地から戻ってきたお前たちはもう休みな」

「父上、私はまだ大丈夫です。それにサンドールの命運を決める会議であるならば、王女として席を外すー……」

「うるせえ！　前に出るお前たちは休むのも戦いだろうが。いいからとっとと寝ろ！」

尻でも蹴っ飛ばしそうな勢いで怒鳴られれば、さすがのジュリアも正論だと思ったのか口を噤《つぐ》んでいた。

今後の会議が気になるところではあるが、俺もそろそろ姉弟を休ませたいと思っていたので素直に頷《うなず》き立ち上がろうとしたその時、ある事に気付いたサンジェルが俺へ質問してきたのである。

「ちょっと待って。そういやお前とあのホクトって狼《おおかみ》はどこで戦うんだよ？」

「確かにそうだな。向こうでは魔法による後方援護ばかりだったが、剛剣と肩を並べて戦ったとも聞いたぞ。俺はてっきり右翼に行くんだと思っていたんだが、まさか後方か？」

「ああ、申し訳ありません。俺とホクトは兵が必要ないので忘れていました」

後回しにしようと、ど忘れしてしまっていた事を反省しつつ、俺が自分とホクトを指す駒を地図上に置くと、会議室に僅かな動揺が走った。

何せ位置は中央部隊のやや前で、完全に独立した位置だったからだ。

「御覧の通り、俺とホクトはどこの部隊にも属しません。単独で戦場を駆け回り、敵全体を攪乱し続けます」

そして駒を敵がいる位置へ移動させ、更に端から端へと動かしながら説明を続ける。

簡単に言えば俺とホクトは遊撃部隊であり、戦場を駆け回って敵陣を掻《か》き乱すのが役割なのだが、それを聞いて難色を示す者が何人もいた。

「ジュリア様たちと剛剣殿が攻めに徹する以上、そういう役割が必要なのはわかる。だが、さすがに危険過ぎないか？」

「うむ。せめて部隊を引き連れるべきだ。そもそも敵の足並みを乱すにしても、少数では大した影響は与えられないだろう」

「その意見は尤《もっと》もでしょうが、少数だからこそ可能な手段があり、軍で動くからこその隙を作る事が出来るのですよ」

　どれだけ数が圧倒的だろうと、人を模倣する……つまり陣形を組んで攻めてくるのであれば、効果的な方法は幾らでもあるのだ。

　とはいえ、万は軽く超えるであろう大群相手に一人とホクトだけでどうにかなるとは思える筈《はず》もなく、大半の者が俺を止めようとするが、そこでカイエンが半ば強引に割り込んできたのである。

「シリウス殿は好きにさせるべきでしょう。ここまで我が国に力を尽くしてくれた彼が、今更無意味な事をするとは思えません」

「私も同感だ。それにシリウス殿に兵を回そうにも、彼とホクト殿の動きについて行ける者がいないのだ。誰か、他に剛剣殿に並ぶ実力者を知っているか？」

　俺に追従出来る者は他の部隊の主力を担っているので、適当な人を集めても逆に足手纏《あしでまと》いになるだろう。

　こちらから言い辛《づら》い内容をカイエンとジュリアが代わりに伝えてくれたので、俺はそれ以上は追及をされずに済み、後に問題が出なければ俺とホクトはこの位置で決定となった。

その後、全戦力の正確な算出が終わったら呼ぶと言われた俺たちは退出し、皆が待つ部屋に戻って会議の内容を報告した。後は向こうが呼ぶまで自由にしていても構わないと伝えたところで、先程から気になって仕方がない話題へと切り替える。

「で？　あれはどういう状況なんだ？」

「それが、私たちもまだよくわからないの。シリウスさんが戻る少し前に聞いてはみたけど、判断がつかないからもう少し待っていてほしいって」

部屋に戻るなり三竜に声を掛けられたゼノドラも含め、竜族全員がベッドで眠っているカレンとヒナを真剣な様子で眺めているのだ。

サンドールへ戻る前にヒナの事は軽く説明しており、その時は大して気にしていないようだったが、実際に会ってみた事によって何かに気付いたのかもしれない。

大の大人が二人の幼子を凝視しているという状況を止めるべきかもしれないが、危害を加える様子はなさそうだ。なのでこちらも大人しく様子を見ているわけだが、そろそろ説明くらいしてもらいたいものである。

「最初はカレンの寝顔を見て笑っていたけど、ヒナちゃんを見たら急に雰囲気が変わったのよ」

「うん。特にメジアさんの様子が変かも」

そんな事を話している間に結論が出たのだろう、ゼノドラがどこか複雑な表情を浮かべながら戻ってきて説明をしてくれた。

「説明が遅れてすまぬ。確証を得る為に、一度我々だけで話し合う必要があったのだ」

「凄《すご》く真剣だったけど、何があったんだよ？」

「うむ。シリウスが予想していた通り、あのヒナと呼ばれる幼子は竜族の血を引いているようだ。あり得ぬと言いたいところだが、こうして目の前に存在する以上、認めぬ他あるまい」

彼等はヒナに触れてはいないが、あそこまで近づけば竜族の感覚でわかるらしい。

そもそも竜族は子供が非常に生まれ辛く、有翼人以外との種族からは決して子供は生まれなかった。この辺りは遺伝子の強さや、相性といった難しい事情があると思われる。

故に人の身でありながら、竜族の血を引いているというヒナは奇跡と呼ばれてもおかしくはない存在なので、常に冷静なゼノドラでさえ動揺が隠し切れないようだ。

深く息を吐きながら冷静になろうとしているゼノドラに悪いとは思うが、俺としては最も気になる点を早く解消したかったので質問させてもらった。

「先に一つ聞かせてほしい。竜族たちはヒナのような存在は許せないのだろうか？」

「いや……それはない。どれだけ姿が違うとしても、我等の血が流れているのであれば同胞に違いないだろう」

「それは良かった。この騒ぎが落ち着いたら、この子はゼノドラたちに預けるべきだと考えていたからさ」

「うむ。竜族の力は無闇に外へ出すものではないし、それが一番正しい判断だろう」

本人が望むかどうかはまだわからないが、拒絶されなかったようで何よりだ。

これでヒナも一安心だと安堵している間に三竜たちがこちらへ戻ってきたのだが、メジアだけがベッドの傍《そば》から離れない事に気付く。

子供たちの眠りが深いとはいえ、あまり傍にいると起こしてしまう可能性があるので声を掛けようとするが、ゼノドラが静かに首を横に振りながら止めてきた。

「少しでいい。あいつはそっとしておいてくれ」

「彼に何かあったのか？　異様なくらい真剣なんだが」

「あの幼子から、メジアと似た気配を感じたのだ。私ですらそう感じたのだから、本人からすれば肉親としか思えないのだろう」

「っ!?　メジアの親類って事は……そういうわけか」

そもそも、何故《なぜ》竜族の血を引いた子供が外にいるのか？

予想もしない偶然が重なったとか、何代も遡れば竜族と関わりがあった突然変異とか、先祖返りのようなものだと考えてはいたが、あのメジアの様子から色々と腑《ふ》に落ちた。

数年前、エリュシオンの学校において、俺が始末したメジアの兄……ゴラオン。

複雑な経緯により、ゴラオンは竜族でありながら外の世界に出るだけでなく、大陸を超えてまで暴れ回っていたので、どこかで子供を……なんて可能性も十分にあり得るのだ。

まあ奴の残忍な性格からして自ら望んで子を残したとは思えないので、若気の至り等で本人は知らないまま生まれたという気がする。

そんな様々な憶測が浮かぶが、今はこれ以上ヒナの出自を気にしても仕方があるまい。

何故なら、複雑ながらも家族へ向ける優しい目をしたメジアを見れば十分だと思ったからだ。

「ヒナを引き取る相手は決まったようだな」

「そうだな。奴以外に適任はあるまい」

残る問題はヒナの気持ち次第だが、そこは彼女が目覚めてから考えるとしよう。


続いて、俺たちが前線基地にいる間に解決した……なんてはっきりとは言えないが、すでに終息した問題についての話になった。

「そういえば、フィア。彼女はどんな風になったんだろうか？」

「ええ。すぐに持ってくるわ」

彼女とは、ラムダたちの実験に利用され、心を壊されて生きたまま人形のようになったエルフの女性の事である。

ラムダたちの裏切りが判明した際、彼女は捨てられるように置いて行かれるだけでなく、重要参考人になりそうなのに全く意思疎通が出来ないので、俺たちが前線基地へ向かう時は安全の面から彼女は地下牢《ちかろう》に入れられていた。

一応、サンドール王から彼女の身柄を預かる約束は取り付けたので、俺たちが戦っている間にフィアが色々と試していたそうだが、結局彼女の意思が戻る事はなかった。

しかし、師匠から貰《もら》った聖樹の枝で作られた弓……『アルシェリオン』の力を使った際に進展があったらしく、『コール』でお互いの状況を報告している時にフィアが教えてくれたのだ。

『怒り……いえ、無念と言うべきかしら？　とにかくラムダたちへの悔しさみたいなものを感じたのよ』

そんな残留思念を、アルシェリオンを通す事によって感じ取れたらしい。

もちろん戦いの合間にナイフとなった師匠に相談もしてみたが、肉体を取り込んで同じ姿をしたエルフを生み出せても、積み重ねてきた個々の記憶までは再現出来ないと言われてしまった。

俺の『スキャン』により、手術のような直接的な治療でもどうにもならない事も判明しており、そんな残酷な現実にフィアは数日間悩み続けた結果、とある決断を出したので俺はそれを受け入れて、後は彼女に全てを委ねたのだ。

その結果……。

「これが今の彼女よ。せめて名前くらいは知りたかったわね」

フィアが持ってきた、アルシェリオンから短く伸びた一本の短い枝。それが……名も知らないエルフの姿だった。事前に聞いていたとはいえ、実際に聖樹の枝と同化した一つの命を見ていると複雑な気持ちである。

　これで本当に良かったのか？　何か別の方法があったのではないか……と、悲しそうな表情を浮かべるエミリアたちに、フィアが迷いを断ち切るように語り始めた。

「何時《いつ》までもあんな姿を晒《さら》すのも嫌だろうし、それなら彼女の思いと一緒に戦おうと思ったの。それにね、エルフからすれば聖樹様と一緒になれるのは凄く名誉な事だと思うわ。だから、皆はこの子を祝福してあげてね」

　彼女はもう答える事すら出来ないのだから、これはただの自己満足であり、独り善がりみたいなものだ。

　だがそれでも、彼女から感じた唯一の心残りを少しでも晴らしたいとフィアは思い、己の武器に宿して共に戦う事を選択したのだ。

　そんな彼女の思いを背負ったフィアは、決意を秘めた目を俺へと向けた。

「そういうわけだから、次の戦いは私も参加するわよ。遠くから魔法と弓の援護だけなら問題ないでしょ？」

「ないとは言わないが……仕方がないか。無理だけはしないようにな」

　先程フィアを『スキャン』で調べたところ、妊娠の初期段階で若干乱れていたフィアの体調は大分回復しており、激しく暴れない限りは大丈夫そうである。

　ここまできて控えてほしいとは言えなかったので、せめて後方援護だけすることを条件に許可を出した。

「休んでいた分、援護は任せてちょうだい。あー……でも、カレンとヒナちゃんはどうしよう？」

「仕方がないわね。あの二人は私たちが見てあげるわ。でも、貸し一つだからね」

リースを見守ってくれる件といい、本当にリーフェル姫たちがいてくれて助かっている。

まあ最後に呟《つぶや》いた貸し一つとやらが少々怖いところだが、とにかくこれで俺たちも戦闘に集中出来そうだ。

「よし。呼び出しが来るまで、細部を詰めるとしようか。明日の戦いだが……」

「待てよ、兄貴。それならライオルの爺《じい》ちゃんを起こそうぜ」

「放っておけ。あの爺さんの場合、あれこれ言うより好きにさせるのが一番だ」

「よくわかっていますね。シリウスさん」

小難しい話は面倒だと、気付けば奥の部屋のベッドでいびきをかいている爺さんは無視しろと伝えれば、ベイオルフだけが感慨深そうに頷《うなず》いている。

その後、俺たちは休憩を挟みつつ話し合いを続け、一通り纏《まと》まったところで眠りに就いたのだった。

そして朝となり、引き続き部屋で準備を進めていた俺たちの下に、カイエンからの使いが来てとある依頼が来たのである。

数時間後、戦争で稼ぐ為《ため》にサンドールに残っていた冒険者や傭兵《ようへい》たちを集めるので、その為に剛剣を連れてきてほしいそうだ。

「一部はすでに離れてしまいましたが、この国にはまだ外部の者たちが多く残っています。しかし、彼等《かれら》の中には敵が前線基地を突破する程の規模であると知らない者もいて、それを知る事によって国を離れる者が出てくるでしょう」

「なるほど。そういう連中を引き入れる為に剛剣ライオルの名を借りたいと？」

「はい。あの剛剣殿と共に戦えるとわかれば、多くの者が戦闘に加わりたいと言い出すと思います。ですが、彼等が剛剣殿の存在を口だけで信用するとは思いませんので、皆の前でその力を見せつけてほしいのです」

　サンドールが故郷であるならば別だが、他国の甘い言葉を簡単に鵜呑《うの》みにしていては冒険者や傭兵なんてやっていられないからな。

　立っているだけで迫力十分な爺さんに頼る事は間違ってはいないだろうが、爺さんの本性を知る俺たちの心配を代弁するようにベイオルフが口を挟んできた。

「あの、一つよろしいですか。あの人が力を見せつけてしまうと、戦力を集めるどころか逆に減ると思いますよ？」

「え？　それはどういう……」

「つまり、怪我人《けがにん》が大量に生まれるという事だな」

　こう……『わしに挑んで来い！』とか言って片っ端から模擬戦を繰り返し、下手したら集まった全員を叩《たた》きのめしてしまう可能性もある。

　故にベイオルフの心配は尤《もっと》もだろうが、それは爺さん一人に任せていたらの話なので問題はあるまい。

「というわけで、爺さんの世話を頼むぞ、エミリア」

「お任せください」

「それとレウスとベイオルフも一緒に行ってくれ。状況次第では、軽く剣を打ち合う必要も出てくるかもしれないからな」

「おう！」

「わかりました。お二人がいれば心強いですよ」

この三人であれば、羽目を外した爺さんを完全に止められるであろう。

というわけで、ベッドで眠る爺さんを起こして説明しようとしたのだが、こちらが声を掛けるまでもなく爺さんは目覚めていた。

「ありゃ？　爺ちゃん起きてたのか」

「当たり前じゃ。いつまでも寝ておったら、素振りの時間が減るじゃろうが」

鼻息を荒くする爺さんは言葉通り愛用の剣を手に外へ出ようとしていたので、三人も同行させて先程の説明を頼んでおいた。

まあ気難しくともエミリアさえいれば断る事はなさそうだし、後は任せて問題ないだろう。

その数時間後。

サンドールの城壁前にある広場にて、様々な装備と恰好《かっこう》をした冒険者や傭兵たちが集められた。彼等の前にはちょっとした壇上が用意されており、そこには説明役である一人の部隊長と剛剣の爺さん。そして銀狼《ぎんろう》族姉弟とベイオルフの姿がある。

その光景を俺は城壁の上から眺めているのだが、ぱっと見たところ集まったのは軽く五百人くらいだろうか？　こんな状況でもこれだけ大勢残っているのは、それだけ国が大きく人が集まる場所であり、見返りも期待出来ると思われているのだろう。

個々の事情はともかくこれなら多くの戦力が確保出来そうなのだが、部隊長の説明で魔物の規模を知って尻込みしている者や、剛剣の名が出て驚いたり怪しむ者がいたりと、簡単には収まりそうにない騒ぎになっていた。

「おいおい。前線基地を突破する大群に、剛剣だって？　どういう状況だよ」
「剛剣って、もしかしてあの爺さんか？」
「確かに只者《ただもの》じゃなさそうだが、偽者だろ。適当な爺《じじい》を持ってきただけじゃねえか」

腕を組んで仁王立ちをしている爺さんを怪しむ会話が飛び交う中、腕組みを解いた爺さんが取った行動は至極単純だった。

「ぬうんっ！」

抜いた剣を振り下ろす……つまりただの素振りである。

だがそのたった一振りは凄《すさ》まじい風圧を放ち、周囲にある木々を激しく揺らすだけでなく集まった者たちの一部も吹き飛ばしていた。

「明日、わしは魔物を斬りに行く！　付いてきたければ勝手にせい！」

そして腹の底から震わせる怒号を放つと、爺さんは剣を仕舞って再び腕組みの姿に戻っていた。説明が面倒だからって、とても助力を求めているとは思えぬ言動だったが……。

「「「おおおおおぉぉぉぉ――――っ！」」」

戦いに身を置いている者たちだからこそ、それだけで十分だったらしい。

爺さんの怒号に負けない程の歓声が湧き、集まったほぼ全員が子供のようにはしゃぎながらやる気を漲《みなぎ》らせていた。

「す、凄《すげ》ぇ！　これが剛剣かよ！」

「よっしゃあ！　俺はあんたについて行くぜ！」

「金も得られて、剛剣と共に戦った箔《はく》も付く……か。悪くない話だ」

さすがに簡単過ぎると思うが、それだけ剛剣という名が有名であり、爺さんの剣が凄まじかったようだ。

それにしても、爺さんの強みを生かした良いやり方だと感心していたが、間違いなくエミリアの作戦だろうな。実際、剣を振り終わった爺さんが褒めてほしいとばかりにエミリアに顔を向けているし。

しかし中には打算のみで動く連中もいるので、部隊へ組み込む時は選別も必要かもしれないと考えていると、不意に爺さんが冒険者たちへ語り始めたのである。

「よいか小僧共！　わしと共に行動する以上、ここにいるエミリアの言う事を聞くんじゃぞ！」

「エミリアって、その女の事か？　何でそんな餓鬼の言う事を……」

「貴様ぁ！　馴《な》れ馴《な》れしくエミリアの名を口にするでないわ！」

「「ひいっ!?」」

「お爺ちゃん、私は別に構いませんから。というか、強制させる必要はありませんよ」

「いいや！　こ奴等《やつら》には誰に従うべきかを教えておくべきじゃ！」

明日の戦闘ではエミリアの指示に沿って戦えと説明してあるので、爺さんなりに考えての発言のようだ。確かに統制を考えると間違っているとは思えないが、今の言い方はさすがに傍若無人過ぎだろう。

普通に考えて、初対面である若者の指示を聞けと言われたら文句の一つや二つ上がるものだが、結果的にそういう反論は起こらなかった。

「まさか!?　あの女、剛剣の孫なのか!?」

「いや、そもそも剛剣に子供がいるなんて聞いた事もないぞ!?」

「だがあれ程大事にしているのであれば……」

「ええい、ごちゃごちゃとやかましいのう。とにかくエミリアの言葉はわしの言葉じゃ。心しておけい！」

どうやら先程の会話から、エミリアが爺さんの孫だと思われたらしい。

とはいえ、訂正しても利点があるわけもないのでエミリアは黙ったままなのだが、爺さんが言いたい事はまだあるらしい。

「それと言っておくが、エミリアに手を出せば魔物より先にわしが斬る！　一太刀ではなく、腕や足から念入りにじゃ！」

「いや、爺ちゃんより先に俺が斬るし、まずは兄貴の許可を得てからだろ」

「わしがやるんじゃ！」

「「「………」」」

「だから何で怒るんだよ。ベイオルフ、ちょっと手伝ってくれ」

「結局こうなるんですね……」

爺さんを宥《なだ》める為にレウスたちが模擬戦を始めたので、爺さんの殺気による殺伐とした空気も何とか和らいだようだ。

先程より騒ぎが大きくなっているが、模擬戦で爺さんの実力を見せる予定は元からあったので、これも結果オーライだろう。エミリアもそれを理解しているのか止めようとしないし。

最《も》早《はや》見世物になっている光景を苦笑しながら眺めていると、少数の護衛を連れたサンジェルが俺の下へやってきたのである。

「よう。お前もいたんだな」

「これはサンジェル様。何かあったのでしょうか？」

「いや、ちょっと休憩がてらに剛剣の様子を見にきただけだ。妙に騒がしいが、上手《うま》く連中を取り込めたのか？」

「おそらく大丈夫でしょう。剛剣が倒れない限り、彼等も存分に力を振るってくれると思います」

間違いなく爺さんは先頭で敵を蹴散らし続けるから、後に続く者たちの士気が下がる事はあるまい。それでも過度な期待はしないようにと釘《くぎ》を刺していると、下の光景を眺めるサンジェルの表情が異様なくらい張り詰めている事に気付く。

緊張と重圧に圧《お》し潰されそうな、つまり精神的な余裕が全くない表情なのだが、そうなるのも当然かもしれない。

「あれだけ派手に暴れているのに、目を輝かせる連中ばかりだ。俺もこれくらい出来ればな……」

明日、彼は全部隊の総大将として戦場に立ち、開戦の号令を出す事になるのだから。

とはいえ、細かい指示等はカイエンと各部隊長が行うので、実質サンジェルはただの御《み》旗《はた》みたいなものであり、下手をすれば最初の号令を出すだけで終わる可能性がある。

それでも己の号令によって多くの者が傷付き、そして命を失う事にもなるのだから、彼の重圧は相当なものだろう。

「やはり総大将の任が重たいですか？」

「……ああ。今更俺が何をしようとあまり変わらねえし、親父《おやじ》の前じゃ強がってはみたが、いきなり総大将ってのもなぁ」

「それは当然の反応です。ですが……」

「わかっているよ。あの野郎を殴るまで、俺は出来る事を精一杯やるだけさ」

親友だと思っていたジラード……ラムダの裏切りによって感情がままならない状況だったので、今はラムダを殴ってやる事だけに専念しろと俺は以前告げた。

その時の言葉をしっかりと覚えていてくれたのか、強がりでありながらも笑みを浮かべるサンジェルに、俺も笑いかけながら頷《うなず》いた。

「その調子です。今の貴方《あなた》に必要なのは自信であり、その自信に溢《あふ》れた姿を皆へ見せなければなりません。それが王としての振る舞いでもあります」

敵に振り回されてばかりで、どこか頼りのない印象があるサンジェルであるが、彼はただ運が悪く、巡り合わせが良くなかっただけだ。

ラムダたちではなく他の優れた人材が傍《そば》にいれば、彼は王として立派に成長していてもおかしくなかったと俺は思うのだ。実際、父親が倒れてから続いた逆境の中でも、彼は屈さずに己の意思を通し続けていたのだからな。

そんな彼も今はフォルトとカイエン等《ら》の優れた者が傍にいるので、この戦いを生き残れれば大きく成長していくに違いあるまい。

「自信……か。そういうのは親父を見てりゃわかるが、今回の相手は未知数過ぎてカイエンが頭を抱えるくらいだぞ？　勝てるかどうかわからねえって会議でも言っていたじゃねえか」

「確かに、今回の勝負は実際に戦わなければわかりません。ですが現時点で確実に言える事は、貴方と共に戦う者たちは全員が強いという事です」

「それもわかっているよ。お前たちが強いって事は十分に……」

「いいえ、彼等は貴方が想像する以上に強いのです。その彼等が加わった軍は、正に最強と呼ぶに相応《ふさわ》しいでしょう」

少し自意識過剰な言葉かもしれないが、一国の軍隊に加え剛剣や竜族も加わるのだからあながち間違いとは言えまい。

その強気な俺の言葉にサンジェルは目を見開き茫然《ぼうぜん》としていたが、更に畳みかけるように俺ははっきりと告げる。

「その最強の軍が、貴方と共に戦うのです。どれ程強大な敵だろうと恐れるに足りません」

「…………」

「ですから、明日は盛大な号令をお願いしますよ。皆でこれまでの鬱憤を盛大にぶつけてやりましょう」

これで少しは励ませただろうか？

伝えたい事を全て語り終わると、『そうだな……』と一言告げてからサンジェルは天を仰ぎ始め、しばらく経《た》ってから不意に呟《つぶや》いた。

「……ありがとうな。また気合が入ったぜ」

「それは良かった。ですが、皆が頼りになるとはいえ御身は大切になさってくださいね。敵の放った流れ矢とかに当たらないでくださいよ」

「わかってるよ。だからお前も絶対に生き残れよ。弟子になるつもりはないが、お前からはもっと色々と教わりたいんだ。勝利の酒を飲みながら……な」

「その時は喜んでお付き合いしますよ」

父親に似た豪快な笑みを見せてから去るサンジェルを見送ってから、俺は彼に言われた事を思い出しながら目を閉じた。

「生き残れ……か。言われるまでもないさ」

すでに一人前に育っている自慢の弟子たちだが、俺はこれからも弟子たちの事は見守り続けたいし、何より妻たちを……家族の幸せの為《ため》に生きなければなるまい。

「それにしても不思議なものだ。これも巡り合わせってやつなのか？」

前世の俺は最後の仕事をやりきったと満足して死んだが、よく考えてみれば妻のように俺を支え続けてくれた彼女と、彼女のお腹《なか》に宿った己の子供さえ置いて逝ってしまったのだ。今にして思えば本当に情けない話である。

そして現在……今の俺には前世のように子供を身籠った妻がいるだけでなく、前世の最後に戦った男と同じ思想を持つ相手と戦う事になった。

これまで鍛えてきた己の実力に不安があるわけではないが、この前世と妙に似通った状況からして、嫌な予感がして堪《たま》らないのだ。敵が想定を遥《はる》かに上回る戦力を持っているかもしれないし、予想もしない事故が起こる可能性も十分ある。

だが……それ以上に違う点は多い。

碌《ろく》な援護もなく、たった一人で敵陣に飛び込んだ前世と違い、今は頼りになる弟子たちと仲間たちがいる。

だからこそ、今回ばかりは少しだけ師としての活動は控えさせてもらい、かつての俺で戦おうと決めたのだ。

同じ轍《てつ》は二度と踏むつもりはない。

そしてどのような事態が起ころうと、必ず生き残ってみせる。

最後まで諦めず生き残ろうとしなかった、前世の俺を越えるのだ。

そんな決意を新たに、俺は明日へ向けて準備を進めるのだった。

《決戦の刻》

規模の大きさ故に色々と手間取りながらも、俺たちは決戦に向けて準備を着々と進めていた。

もちろんラムダが約束を破って攻めてくる可能性もあったので、前線基地方面に警戒をしながら準備をしていたものの、その後も見張りから急な報告が来る事もなく、各部隊の人員と配置が決まった頃には、時刻は深夜を迎えていたのである。

とはいえ合間に仮眠をとっていたので疲れは特になく、ほぼ準備が済んで最終確認となる作戦会議を城内で開いていると、前線基地までの道中に配置していた偵察兵から報告が届いた。

「報告！　敵、魔物の軍団がサンドールへ向かって進軍中！　ですが、依然としてその歩みは遅く、未《いま》だ第二地点を超えたばかりだそうです」

「まだその辺りか。敵の進軍速度と時間帯から考えるに……早朝には平原で直接確認出来そうですな」

「ふん。あの野郎、今のところ約束は守っているってわけか」

報告によるサンジェルの苦々しい舌打ちが響く中、一時止めていた会議を再開する。

戦力の正確な数が判明し、その割り振りについて説明しようとしていたところだったので、改めて突撃部隊の総指揮官であるカイエンが語り始めた。

「では各部隊の配置についてもう一度確認しておきましょう。我が国が出せる全戦力と、獣王殿の要請によるアービトレイ国からの援軍を合わせたところ、集まった兵は一万を超えました」

正直なところ、予想していた数よりも遥かに多いと思う。

どうやらサンドール周辺に何か所かある小規模の砦《とりで》だけでなく、町の人々にも呼び掛けて義勇兵も募った結果らしい。さすがは世界一大きい国と言われるだけはある。

「集めた兵たちは防壁を守る側と突撃部隊で半々を予定しておりましたが、予想以上に集まったので突撃部隊の方に少し多く割り振っております」

「うむ、それはありがたい話だな。これで更に魔物を斬れそうだ」

「まず右翼の剛剣殿とエミリア殿。そしてベイオルフ殿を主力とした部隊ですが……大将であるライオル殿はどちらに？」

「その……やはり会議は面倒だと言われまして。申し訳ありません」

「いやいや、エミリア殿が謝罪する必要はありませぬぞ。それに部下の報告から聞いたところ、右翼は貴方が副官みたいなものですからエミリア殿に話せば十分でしょう」

こんな状況でも会議に顔すら見せないなんて怒られてもおかしくないだろうが、早くもカイエンは爺《じい》さんの扱いに慣れたようである。あるいはそれだけエミリアを信頼している証拠かもしれない。

　エミリアもまた副官の立場を受け入れて真剣な表情で頷いたのを確認したところで、カイエンは中心の台座に置かれた地図上の駒を指しながら説明を続ける。

「右翼は兵士だけでなく、今朝募った冒険者と傭兵《ようへい》たちを加えた混成部隊となります。数は最も少ない千人程ですが、もう数百は回せるかもしれません」

「いいえ、お爺ちゃん……ライオル様の強さと突破力は桁が違いますので、その戦力は他に回すべきだと思います」

「わかりました。では状況次第で動かす増援部隊に回すとしましょう。そして私の信頼する副官経験者を数名回しておきましたので、何かあれば遠慮なく彼等を頼りなされ。必ずやエミリア殿の力になってくれるでしょう」

「ありがとうございます。ですが、副官の方がいらっしゃるのであれば、私ではなくその方に任せておいた方が……」

「謙遜なされるな。エミリア殿の強さと判断力の素晴らしさは、私がこの目でしかと確認しております。それに剛剣殿を動かせるのは貴方だけですし、細かい部分は彼等に任せてエミリア殿は思うがままに戦いなされ」

　これまでの活躍を考えるとレウスや爺さんに目が向きがちだが、きちんとエミリアも評価されているようだ。

　大きく目立った活躍はないエミリアだが、戦場では何度も瓦解しそうな部隊を魔法で援護し、多くの兵の命を救っていたのである。その様子をカイエンがしっかりと報告していたのか、エミリアの立ち位置に関して反論する者は現れなかった。

　そしてエミリアもまた己の立場を理解しているのだろう。人の命を大勢預かる重圧を受け止め、真剣な表情で頷きながら返事をしていた。

「続いて左翼ですが、ジュリア様を筆頭に二千を率いた部隊となります。右翼と同様に危険ですが、彼等と一緒ならば申し分はありませんな」

「ああ。皆がいれば怖いものなど何もない。存分に暴れてくる」

「おう。剛剣の爺ちゃんに負けないくらい、斬りまくってやるぜ！」

　およそ兵力二千となった左翼は前線基地で活躍した時と同じく、若者四人を主力とした部隊である。右翼より兵力が二倍であるが、左翼の一番の特徴は部隊の大半が騎乗しており、機動力に特化している点だろう。

「そして私が指揮を執る中央の部隊は、サンジェル様を中心に獣王様とフォルトを主力とした五千の部隊となります」

「うむ。一人の将として、全力を尽くすとしよう。フォルト殿もよろしく頼む」

「は！　王の盾に恥じぬ活躍を約束しましょう」

　中央は魔物の確実な殲滅《せんめつ》を始め、随所で休憩用の拠点を作ったり、右翼と左翼が危険な場合は援軍を送ったり内部に取り込んで保護したりと、足は遅いがやる事が多い重要な部隊である。

故に最も人員が多く、その分だけ指揮が大変そうではあるが、指揮官としてだけでなく実力も優れた獣王と、現役の将軍であるフォルトもいるので問題はないだろう。

「最後に空の軍勢はゼノドラ殿たちにお願いします。我々では対処が難しい空は皆様方の独擅場ですからな」

「任されよう。しかし数が多そうだから、抜けが多少出るかもしれぬぞ」

「十分です。貴方《あなた》たちの力で削られた後ならば、我等でも対処は可能でしょう」

前線基地では俺が主に担当していた空の敵を、ゼノドラたちに全て投げてしまって申し訳ないとは思うが、今回の俺は地上に専念したいので存分に頼らせてもらうとしよう。

不満など一切見せぬ頼もしい笑みを浮かべるゼノドラが頷《うなず》いたところで、各部隊の確認を終えたカイエンが、表情を引き締めながら今回の重要な点を説明し始めた。

「各部隊の大まかな役割ですが、右翼と左翼は敵陣を突破して魔物たちを操るラムダとその部下であるルカ、ヒルガン、そしてその他の主力級の敵を撃破する事です。非常に危険な役割ですが、皆様であれば必ずや成し遂げられましょう」

「任せておくがいい！」

「はい！」

「おう！」

右翼と左翼の主力を担う若者たちの勇ましい返事に、カイエンだけでなく他の者たちも満足そうである。年齢的にまだ荷が重いと言われてもおかしくないが、誰一人嫌な顔をしていないのでそれだけ周りから認められているわけだ。

「中央の部隊は、左右とは別な意味で負担が大きいでしょう。私も全力で指揮を執りますが、全ては皆様の力が重要となります。どうか頼みましたぞ」

「うむ！」

「「はっ！」」

中央の主力である獣王とフォルトを筆頭に、経験豊富な各小隊長たちが声を揃《そろ》えて返事をする。その後も細かい作戦や動きを伝え、後は会議を終了して決戦の地となる平原へ向かおうとしたところで、会議中ほとんど発言しなかったサンジェルが突如声を上げた。

「ちょっと待ってくれ！　解散する前に、俺から少し言わせてくれ」

「ええ、遠慮なくどうぞ。総大将として皆に声を掛けてやってください」

「すまねえな。さて、まずここにいる全員に俺は礼を言いたい。あんなふざけた野郎と一緒に戦ってくれて、本当にありがたく思っている」

真剣な表情のサンジェルは会議室に集まった全員を一瞥《いちべつ》し、軽く頭を下げながら礼を口にしていた。

その息子の姿を、傍《そば》にいるサンドール王が笑みを浮かべながら静かに眺めている。どのような立場であろうと、素直に頭を下げられるという点に感心しているのだろう。

サンジェルの唐突の礼に困惑する者も出てきたが、その者たちが落ち着くよりも先に頭を上げたサンジェルが続きを語り始めた。

「戦場へ行く前に皆へ伝えておく。ラムダは確かに俺の元部下であり、相棒とも呼べる存在でもあったが……もう友とか関係ねえ！」

今更何を言い出すのかと思うが、こうして言葉でしっかりと証明しておくのは大事だろう。実力や実績が足りず、はっきり言ってお飾りのような立場であろうと、今のサンジェルはこの突撃部隊の総大将だからな。

「正直に言わせてもらうなら、あの野郎がこんな事を仕出かしたのはうちの馬鹿な連中のせいだから同情の余地はなくはねえ。でもだからって、俺の国を破壊しようなんて許せるわけがねえんだ！」

「「「おお……！」」」

碌に戦争を知らぬ若造の言い分だと、以前の状況であればあざ笑われていただろう。

だがラムダによって腑《ふ》抜《ぬ》けばかりになっていたあの時と違い、ここに残っている者たちは王へ絶対的な忠誠を誓い、国の為《ため》に身を削れる臣下たちばかりだ。

そして王が昏睡《こんすい》している間も、国の為に奔走していたサンジェルを今の臣下たちが認めない筈《はず》がなく、その自信に溢《あふ》れ、不思議な程に通るサンジェルの声に多くの臣下が感嘆の声を上げていた。

サンジェルの眠っていた……いや、ラムダに押さえられていた王としての片鱗《へんりん》が目覚めた瞬間かもしれない。

何故《なぜ》なら……。

「絶望を与えるだか何だか知らねえが、俺たちを舐《な》めているあの連中を全力で叩《たた》き潰すぞ！」

「「「おおっ！」」」

彼が拳を振り上げると同時に放った言葉に、皆の返事が自然と重なっていたのだ。声だけで人を動かせる力は王として重要な能力だろう。

次期王として、そして総大将として相応《ふさわ》しい存在に育ちつつある男の姿に、彼の父親と同じように俺も自然と笑みが浮かぶのだった。

士気が存分に高まった会議を終えた俺たちは、決戦の地となるサンドール前の平原へとやってきた。

周辺には多くの篝火《かがりび》が焚《た》かれ、防護柵や拠点用の天幕が張られた平原の陣地に兵たちが忙《せわ》しなく行き交う光景を、国を守る最後の防壁の上からホクトと一緒に眺めていた。

空を見ればそろそろ時刻は夜明けを迎えそうであり、先程あった報告によると魔物の到着時間は特に変わらないとの事だ。

「天候には恵まれたようだな」

うっすらと見える雲の流れや匂いからして、雨に濡《ぬ》れる決戦は避けられそうである。

こんな状況で言うのもあれだが、正に絶好の決戦日和だろう。

そして天候の確認を済ませた後、陣地で奔走している者たちを眺めていると、別の場所で準備を進めていたフィアとリースとリーフェル姫たちがやってきた。

「もう。風が冷たいんだから、こんな所で長居しているとエミリアが心配するよ？」

「大丈夫だよ。しっかり着込んでいるし、ホクトが傍にいるからな」

「オン！」

風除《かぜよ》けとしてだけでなく加減した炎を体から噴出させ、ちょっとした暖房器具のようになってくれているホクトが誇らしげに吠《ほ》えている。

そのまま自然とホクトを中心に皆が集まる中、俺の隣に立ったフィアが平原で準備に勤《いそ》しむ皆を眺めながら話し掛けてきた。

「さっきからずっとここにいるみたいだけど、あの子たちに何も言わないの？」

「ああ。必要な事はすでに伝えてあるし、やるべき事も理解しているからな。もう俺がどうこう言う必要はないさ」

多くの天幕が並ぶその中心には作戦会議用のテーブルが三つ置かれており、各テーブルに部隊長たちが集まって動きや作戦について確認し合っている。

その内の一つ、剛剣を主力とした右翼用のテーブルにいるエミリアへと俺は耳を傾けた。

『……となりますので、決して私より前へ出ないように気をつけてください』

『あいわかった。こちらも合わせて動こう』

『大まかな動きはエミリア殿にお任せするから、細かい指示は我々に任せてくれ』

剛剣の呼び掛けで集った冒険者と傭兵たちと、サンドールの兵を加えた千に近い部隊は、各小隊長以外は歩兵だけで形成されている。

こんな広大な戦場だというのに歩兵ばかりなのは、馬の数が足りないとか、爺《じい》さんが地に足が着いていないと嫌だとか……まあ色々だ。

そんな右翼の作戦であるが、簡単に言えば爺さんを先頭に突撃し、その後を他の者たちが援護しながら追従するだけである。

作戦もへったくれもない気もするが、それだけ爺さんの突破力が重要視されているのだ。

というわけで、先頭を駆ける爺さんの負担が大きい作戦なわけだが、実はこの部隊で一番大変なのは爺さんについて行く者たちである。

一定の距離を取らなければ爺さんの攻撃に巻き込まれるし、かといって放っておくと爺さんが無駄に動き回り、その突飛な殲滅力を生かせないからだ。

故に、爺さんを制御出来るエミリアの判断が重要となる。

それを年配の部隊長たちは理解しているのか、己の子供と同年代に近いエミリアでも敬意を持って接していた。カイエンが信の置ける者たちだと言うだけあって、経験が豊富そうで頼りになりそうである。

『そういえば剛剣殿はどちらに？　城の会議同様に姿が一向に見えませんが……』

『さっき素振りが済んだので、向こうのテントで寝ていますよ。細かい部分は僕たちに全て任せるとの事なので、気にせず進めましょう』

『ですね。終わったら私が起こしに行きますので』

『あ、ああ……』

剛剣のぞんざいな扱いに部隊長たちが絶句しているが、あまりにも自然体な二人に何も言い返せないようである。

その後も細かい内容を話し合い続けるエミリアたちから視線を外した俺は、今度はレウスたちがいる左翼のテーブルへと目を向けた。

『ジュリア様。本当にこのような作戦で大丈夫なのですか？』

『これ程の数を揃えられたのならば、もっと高度な戦術が実行可能だとは思いますが……』

右翼と同じく左翼も敵陣を正面から突破し、敵の主力であるラムダたちを討ち取る事が目的であるが、道中で魔物を操る為の中継点……あるいは増幅器や中継アンテナとなっている合成魔獣《キメラ》を狙う目的もあった。

とはいえ、さすがにその合成魔獣《キメラ》が戦場のどこにいるかまでは実際に見ないとわからないので、そんな状況で無闇に突撃するのは危険だと部隊長たちが進言しているわけだが、ジュリアは首を横に振りながらはっきりと言い返す。

『いや、この戦いは速さと勢いが重要であり、戦術より状況に合わせた対応力が必要とされるのだ。細かい戦術は避けるべきだろう』

『だからといって突撃だけでは……』

『心配せずとも、ジュリア様は戦術を捨てているわけではない』

『ああ。お前たちの言う通り、これ程の大部隊で動くのだからな。最低限の取り決めや号令について話し合うとしよう』

普段から連携しているジュリアの親衛隊だけならまだしも、他所《よそ》の部隊が大勢加わった集団となれば、逆に戦術が全体の足並みを乱してしまう可能性が高いからな。

その中で必要な動きと号令のみを選別し、実際に可能かどうか話し合う中、レウスは特に口出しはせず黙って話を聞き続けていた。

『ふむ、ある程度は纏《まと》まったようだな。レウスからは何かないか？』

『ん？　俺は特にないな。人を率いるなんてあまりした事はないし、俺がやる事は、皆の前に立って剣で道を斬り開くだけだからな』

『お前は一応左翼の代表みたいなもんだろ。少しはそれっぽい言動をしたらどうだ』

『そんな事を言われても俺はそれしか出来ねえし、こういう時はわかっている人にやらせるのが一番だと思うからな。それに細かい事を考えている暇があったら、もっと剣を振るって魔物を斬る。そうすれば皆の被害も減るじゃねえか』

何だかあの爺さんと似た言葉を口にしているので不安になるが、適材適所という事は理解しているので良しとしよう。

悪びれもせず堂々と宣言しているレウスに、キースは不満というか羨ましそうに言い返していた。

『ぬぐぅ……俺もそうは思うけどよ、もう少しこう……なぁ？』

『キースは王子としての立場もあるから仕方がないさ。まあ色々思うところはあると思うけど、レウスはレウスらしく動いてくれるのが一番だと私は思うよ。皆さんもそう思いませんか？』

アルベリオが同意を求めるように見回せば、各部隊長は笑みを浮かべながら頷《うなず》いていた。

今のレウスは実力だけでなく、人柄すらも認められている光景に満足感を覚えながら、俺はとある作業の為にその場から離れるのだった。

しばらくして各部隊の会議が済んだところで、俺は用意してもらった一際大きい天幕に家族と自分と関わりのある者たちを集めていた。

リーフェル姫たちとアルベリオとマリーナ、そしてジュリアだけでなく爺さんやゼノドラたちもいるので随分と大所帯になったが、こんな状況でわざわざ皆を集めたのは戦の前の腹ごしらえである。

「急ごしらえだが量は十分に用意出来たから、遠慮なくおかわりしてくれ」

「おかわりじゃ！」

「はえーよ！　まだ皆に配ってる途中だろうが！」

皆が作戦会議をしている合間に作った熱々のスープを一息で飲み干す爺さんに呆《あき》れつつも、夜食とも朝食とも言える食事が和やかに進んでいく。

現時間から考えて夜明けまでもう時間もないし、本当なら前線で準備を進めながら緊張感を保つべきだろうが、やはり食事はしっかり取らなければ力を存分に発揮出来ないだろう。何より、こういう状況でもいつも通りに過ごすのが俺たちだと思う。

ちなみに城内で寝ていたカレンとヒナも呼んであり、今は半分眠っているような状態で食事を進めている。かなり早起きさせて申し訳ないとは思うが、決戦が目の前だからこそ皆と一緒に食事をしておきたかったのだ。

最早《もはや》当たり前のように妻たちとリーフェル姫に食べさせてもらっているカレンの隣では、ヒナが人の姿になったゼノドラたちから色々と世話を焼かれていた。

「ヒナよ、これが気に入ったのなら私たちの分も食べてもいいぞ。お主は少し痩せ過ぎだから、もっと食うといい」

「……でも、皆の分がなくなるよ？」

「幼子がそのような事を気にするな。それにこれからは、お主が食事で困るような事は私が絶対にさせん」

「……うん」

最初はゼノドラたちが怖くて距離を取っていたヒナであるが、話し掛けられる内に竜族の何かを感じ取ったのだろう。気づいたらゼノドラたちを怖がらなくなっていた。

その中で特にメジアが気になるのか、少し前からヒナは彼の傍《そば》にいる事が増えている。こう……親鴨《おやがも》について行く小鴨の感じというか、とにかくメジアとヒナの関係が順調そうで何よりだと思う。

その後も和やかな雰囲気のまま食事は進み、四十人分は用意した特製スープやサンドイッチが底を突いた頃、不意にエミリアが皆を静かにさせてから俺に注目を集めた。

「シリウス様。出撃の前に何か一言いただけませんか？」

「お、そうだな。最後に兄貴からどーんと頼むぜ！　皆の気持ちを盛り上げてくれよ」

「士気を上げるのは俺じゃなくて、お前たちの役目だろうが」

そう呟《つぶや》くが、皆の期待するような視線が一斉に刺さってきたので、俺は少し考えてから口を開く。

「今日の戦いは激戦となるだろう。だが、事前に伝えた通り皆の力を存分に発揮すれば必ず切り抜けられる。そして俺もその為《ため》に全力で戦う。だから必ず……生き残れ。今度はもっと手の込んだ料理をご馳走《ちそう》したいからな」

生き残れなんて今更な言葉かもしれないが、普段とは違う俺の声色に皆も真剣な面持ちで返事をしてくれた。

そして最後に一人一人に声を掛け終わったところで、天幕の入口が開いて一人の兵がやってきた。

「ジュリア様！　見張りから魔物たちの姿が確認出来たと報告がありました！」

「わかった。では皆の者、行くとしよう」

「おう！　じゃあ行ってくるぜ、マリーナ。リース姉たちと一緒に待っていろよ」

ジュリアの言葉を切っ掛けに、左翼の中心となるレウスたちは己の武器を手にして一斉に立ち上がる。

その際、自信満々に笑うレウスをマリーナは心配そうに見つめていたが、不意に近づいたかと思えばレウスの胸元へと飛び込んだのである。

「わかっているわよ。だから兄上と一緒に絶対……絶対帰ってきなさいね！」

「心配すんな。もっと兄貴とマリーナの作った飯を食いたいからな。勝つだけじゃなく、絶対生きて戻ってくるさ」

そこでマリーナを抱き締めるのではなく頭を撫《な》でてしまうのは、俺の姿を見てきたせいだろうか？

少し申し訳ないと思っている間にそっとレウスから離れたマリーナは、気丈に振る舞いながらレウスの胸元を軽く叩《たた》いた。

「ええ、作ってあげるわ。もちろんジュリアの分もね」

「ああ！　ところでマリーナ、私の胸には飛び込んでくれないのか？」

「えぇ……」

「ったく、本当に変な三人だぜ。何で上手《うま》くいっているのかさっぱりわからねえな」

「ははは。これはこれで楽しそうでいいんじゃないかい？」

そんなアルベリオとキースに温かく見守られ、微笑《ほほえ》ましいやりとりをしている三人の反対では、鼻息を荒くする爺さんとそれを宥《なだ》めるエミリアとベイオルフの姿があった。

「ようやくか！ よし、すぐに突撃じゃ！」

「いやいや、まだですから！ 勝手に動いて開戦なんて洒落《しゃれ》になりませんよ」

「その通りです。ちゃんと持ち場について、サンジェル様の合図があってから突撃してくださいね」

「ぬぅ……ちょっと斬って帰るのも駄目か？」

「「駄目です！」」

今にも敵陣へ斬り込みそうな爺さんだが、最早保護者のようである二人が上手く抑えているようだ。まあやる気は十分なので、これ以上何も言う事はあるまい。

最後にヒナの頭を撫でているメジアたちを確認してから立ち上がった俺は、後方支援の為にこの場に残る家族たちへと振り返る。

「それじゃあ、行ってくる」

「「行ってらっしゃい」」

「踏ん張ってきなさいよ！」

「行ってらっしゃいませ」

「こちらは任せておけ」

リースとフィアとカレン、そしてリーフェル姫たちの返事を聞きながら天幕を出れば、遠くの山から差し込む朝日が俺たちを照らすのだった。

――シェミフィアー――


「それじゃあ、行ってくる」

何でもない、それこそ散歩でも行くような気軽さと笑みを浮かべながら、シリウスは皆の後に続いて歩き出した。

そして天幕の入口が開かれ、朝日に照らされる彼等《かれら》の後姿を眺めていた私は、隣で一緒に皆を見送っているカレンの頭に手を置いた。

「カレン。シリウスの……皆の背中をよく覚えておきなさい。あれが、敵がどれだけ強大だろうと立ち向かう、英雄たちの背中よ」

「先生の背中に何かあるの？」

「ふふ、まだ貴方《あなた》にはちょっと難しいかしらね。でも今はわからなくても、いつかわかる時がくるわ。だからあの後姿だけはきちんと覚えておきなさい」

「……うん」

本当に強い者を象徴する皆の後姿を知っていれば、将来きっと貴方の力になる筈《はず》よ。

だからしっかりと心に刻んでいてほしいと願いながら、私はカレンの頭を優しく撫でた。

――シリウス――

そして太陽が世界を完全に照らした頃、俺たちは所定の位置について静かにその時を待っていた。

全て合わせて万を超える部隊……いや、すでに軍と呼べる規模の人々が集まる光景は圧巻の一言で、しかもこれが全て味方なのだから、その頼もしさに誰もが安堵《あんど》の笑みを浮かべるだろう。

だが、今はその大半が不安と緊張に圧《お》し潰されそうな表情になっている。

何故《なぜ》なら明るくなって遠くまで見えるようになったら、地平線まで続く魔物の大群が人と同じように陣形を維持している姿をはっきりと確認出来てしまったからだ。

「何だ……ありゃ。話には聞いていたが、本当に陣形を組んでやがる」

「あ、あんなのと今から戦うのかよ？」

「ええい、恐れるな！　我々にはジュリア様と剛剣が付いているのだぞ！」

それでも何とか各々で心を奮い立たせているようだが、目の前の圧倒的な光景のせいで時間が経《た》てば経つ程に心が挫《くじ》けてしまいそうだ。

だというのに、未《いま》だお互いに睨《にら》み合ったままでいるのは、サンジェルが突撃の号令を出さないからだ。

彼が臆しているのではなく、向こうが一定の距離を保ったまま止まっているのを見て、相手から何か言いたい事があるのではないのかとサンジェルが気付いたらしい。

しかし皆の緊張を考え、そろそろ動くべきではないかと思ったその時、姿が見えないラムダの声が戦場に響き渡ったのである。

『初めての方がいるので、まずは名乗っておきましょうか。私はかつてこの愚かな国でジラードと呼ばれた男で、今はこの魔物たちを率いるラムダと申します』

相変わらず状況に合わない穏やかな声であるが、逆にそれが恐怖を増長させている。

更に戦場の全員へ聞こえるように『エコー』の魔法を使っているのだが、魔力の流れから戦場だけでなくサンドールに住む一般市民にまで声を届かせている事に気付いた。

『そしてすでにご存じの方もいますが、こちらの目的も改めて伝えましょうか。私は貴方たちに……サンドールに絶望と滅びを与える為に現れました。この日、サンドールは世界から永遠に消えるでしょう』

妙に説明的なのは宣戦布告だけでなく、サンドール全体に恐怖を与える意味もあるのだろう。淡々と語っている筈なのに、声の端々から怒りや憎しみがひしひしと感じられ、その怨嗟《えんさ》の声に今頃サンドール内では大きな混乱が起こっているかもしれない。

『国だけではありません。この愚かな国に寄生する者たち……害虫全てを消します！　私の怒りによって、全てを灰燼《かいじん》と──……』

『いちいちうるせえんだよ！　てめえの怒りはもうわかったから、いつまでも語ってんじゃねえ！』

しかし……その怒りを跳ね返すかのように、サンジェルもまた吠《ほ》えた。

あまりにも急だったせいか、語り始めの部分は『エコー』に乗っていない。だがそれでもサンジェルの声は戦場全体に響き渡り、じわじわと精神を侵食するような恐怖を吹き飛ばす力に溢《あふ》れていた。

『さっきから偉そうに語っちゃいるが、要はお前がサンドールを狙っていて、俺たちは守る為に戦うだけだろ？　ならとっととかかってきやがれ！』

『以前より威勢が増しているようですが、もっと現実を見るべきですね。たったそれだけで、本当に守れるのですか？　私の軍勢は魔大陸から無限にやってきますよ』

『出来るさ！　てめえ等が無限だってんなら、こっちは英雄と竜、そして剛剣を加えた最強の軍隊だからなぁ！』

昨日俺が言った言葉は無駄にはならなかったようだ。

少々自信過剰な言動であるが、こういう戦では多少盛った言葉の方が士気も上がるし、何より……。

「嘘《うそ》じゃないって、俺たちで証明すればいいんだからな」

「オン！」

中央の部隊の先頭に立っていた俺とホクトが不敵な笑みで頷《うなず》き合っている間も、サンジェルは更に熱を上げながら語り続ける。

その熱き猛《たけ》りに兵たちも次々と引っ張られ始め、サンジェルに呼応するように雄叫《おたけ》びを上げていく。

『もう一度言うぞ！　俺たちは最強だ！』

「「「「おおおおおおおおおおおぉぉぉぉぉぉ――――っ！！！」」」」

最後にこれまで最も大きな皆の雄叫びが響き渡った後、片手を大きく振り上げたサンジェルは……。

『行くぞ、てめえ等！　全隊……』

振り上げた手を前へ突き出しながら開戦の号令を出した。

『突げー……』

「ぬおおおおおおおぉぉぉぉ――――っ！！」

『きだあああぁぁぁぁ――――っ！』

……が、獲物を前に我慢の限界を迎えてしまった、とある爺《じい》さんがおもいっきりフライングをしていた。

幸いなのは、サンジェルの声が爺さんに負けじと大きかったので、特に大きな混乱もなく全部隊が前進を始めた点だろう。

少々出鼻を挫かれたが、こうして互いの意地をぶつけ合う決戦の火蓋が切られた。

爺さんの暴走で多少出鼻は挫かれたものの、サンジェルの号令と共に戦いの火蓋は切られた。

前線基地の時と違い、守るのではなく攻めの為《ため》の部隊が一斉に突撃を始めたわけだが、部隊の編制と作戦により各部隊の速度は大きく違っている。

従って、三つに分けた部隊の中で騎馬が中心となる左翼……レウスとジュリアがいる部隊が真っ先に魔物たちとぶつかる筈だが、最も先に攻撃を始めたのは俺とホクトだった。

遊撃部隊である俺とホクトが中央部隊の先頭より更に前方へいたのもあるが、兵を引き連れずホクトの背中に乗っているのだから当然だろう。

馬の加速でも数十秒はかかる距離をあっという間に詰めたところで、己の射程内に入ると同時に俺はホクトの背中から飛んだ。

「さて、始めるか。手筈通りに頼むぞ」

「オン！」

飛んだ先にあるホクトの尻尾に足を乗せた俺は、以前にもやったようにカタパルトの要領で空へ向かって撃ち出される。

地上だけでなく空からも手を出し辛《づら》い絶妙な高さまで飛んだ俺は、地上を埋め尽くす魔物たちを遠くまで見下ろしつつ、『マルチタスク』で思考を高速化させながら魔力を集中させた。

「いい高さだぞ、ホクト。敵陣の深くまでよく見える」

『魔物の布陣……優先目標……』

『各部隊の移動ルート……援護箇所……』

『弱点……敵の行動範囲……』

並列思考《マルチタスク》で敵全体の把握と己の行動を決めた後、前線基地でも使った魔石をカード状に加工した物を三枚取り出した俺は、それらに己の周囲に放ってから伸ばした『ストリング』を接続する。


『アルファ接続……目標《ターゲット》……距離、百……『スナイプ』照準《ロック》』

『ブラボー接続……目標……距離、二十……『ガトリング』掃射……照準』

『チャーリィー接続……目標……距離、五……『マグナム』六連射……照準』


光の玉へと変わったカードに『ストリング』を通して指示を出し、突撃部隊の障害となる遠距離攻撃を持つ魔物や、騎馬の勢いを止める大型の魔物に照準を合わせていく。

前線基地ではこの方法で『アンチマテリアル』を三発同時に放っていたが、今回のは個別に指示を与えて状況に合わせた魔法を放てるようにしたのだ。

このやり方により、ようやく『マルチタスク』の真価を発揮出来るようになったのだと俺は思う。高速思考で最適な行動を選択し、先を予想出来たとしても、結局のところ俺の体は一つなので行動にも限界があったからだ。

故にこれまでは必要以上に己の安全や、弟子の様子を確認する事に思考を割いていた。

簡単に言えば、どこか能力を持て余していたのだ。

だが、今のように仮の腕となる三つの発動体が増えた事により、その持て余していた部分を活用出来るようになったので、俺は本当の意味で全力全開で戦えるようになった。

カードを作る手間や、材料となる高価な魔石が潤沢だからこそ使える手段ではあるが、これが決戦用に取っておいた俺の切り札の一つである。

「全武装……照準完了《ロックオン》。掃射！」

そして全ての照準が済んだところで、俺自身と三つの光の玉から様々な種類の弾丸……魔法が一斉に放たれた。

遠くにいる大型の魔物の急所を貫通力に特化した魔力の弾丸が撃ち抜き、集団で移動している小型の魔物を無数の弾丸で薙《な》ぎ払い、近くの魔物たちを普段の弾丸で次々と仕留めていく。この初手だけで相当な数を仕留めたわけだが、全体から見ればほんの僅かに過ぎないだろう。

しかし俺の仕事は数を減らす事ではない。地上へ落ちるまでに一斉掃射を繰り返した俺は、落下地点にいる魔物を『マグナム』で仕留めてから敵陣の真ったただ中に着地する。

もちろん着地と同時に四方から魔物が襲い掛かってきたが『ショットガン』を連射して吹き飛ばしてから、深く呼吸をして魔力を回復させた。

「ふぅ……さすがにここまでの数に囲まれたのは初めてかもしれないな」

俺が落ちた場所は、敵陣の先頭集団からかなり離れた位置のようだ。大体の位置を指示した後はホクトに任せていたとはいえ、予想以上に飛ばされたようだ。

さて、本来ならば集団戦を生かす為に俺は一旦戻り、敵の先頭集団を裏から攻撃して味方が突撃し易《やす》いように穴を開けるべきかもしれないが……その必要はなさそうである。

「アオオオォォォォ――――ンッ」

それはホクトの雄叫びと共に生まれた巨大な炎の波が、敵の先頭集団を襲っているからだ。その熱量は凄《すさ》まじく、炎の波に呑《の》まれた魔物は一瞬で消し炭と化し、槍《やり》を構えて待ち受けていた魔物たちを次々と燃やし尽くしていく。

我が相棒ながら恐ろしい攻撃だと思うが、大群を相手には非常に優秀な攻撃だろう。何でもあの技はホクトがかつて戦った炎狼《えんろう》のものらしく、自身を炎の波に変身させる技だとレウスを通してホクトから聞いた。

とはいえ、あれ程の炎となれば後に通る味方部隊にまで被害が出そうであるが、その辺りはすでに対策済みだ。

向こうは任せて問題はないと、再び魔力を集中させて周囲の魔物へと攻撃を始める俺だが、仕留めた魔物に紛れて一体の魔物が俺の背後から凄まじい勢いで迫ってきたのである。

死角だったせいもあり反応が僅かに遅れ、俺はそちらへと指を向けようとするが、それよりも先に俺のベルトに付いていたナイフが飛び出し、吸い込まれるように相手の頭部に刺さって魔物を絶命させていた。

ちなみに飛んだナイフだが、俺は先程から一切触れていない。触ってもいないのに勝手に動き、たった一突きで魔物を倒したそのナイフは……。

「……ようやくお目覚めか？」

『うるさいねぇ。早朝から始まるのがいけないのさ』

聖樹の枝……師匠から貰《もら》ったナイフである。

本来、師匠のナイフは魔石と一緒に地面へ突き刺す事により、ようやく発話が出来る存在だった。だというのに、今の師匠は地面に触れてもいないのに勝手に動き、俺との会話も可能になっていた。

これは師匠が進化したとかではなく、俺が作ったある物を使う事によって可能となったのである。

『ふーむ、悪くはないけど、まだ動き辛い箇所があるね。後でしっかり駄目出ししてやるよ』

「急ごしらえなんだから仕方がないだろうが。それと口だけじゃなく、ちゃんと働け」

仕留めた魔物から抜け、浮遊するように俺のすぐ横まで戻ってきた師匠のナイフには、柄の部分に魔石と同じ光を放つ装飾品が嵌《は》め込まれており、更にそれは俺の背中から伸びる『ストリング』と繋《つな》がっていた。

細かく説明すると複雑過ぎるので省くが、何度も試行錯誤して作られたその装飾品が地面……土と魔力の代わりとなっており、そこに『ストリング』で繋ぐ事により師匠は自在に動けるようになったわけだ。故に師匠の声も『ストリング』に繋がっている俺にしか聞こえない。

つまり、俺はただ『ストリング』を維持しているだけで、後は勝手に師匠が暴れてくれるわけだ。俺自身に加え、三つの魔法発動体と、自在に動く師匠のナイフ。

これが……現時点で俺が出せる最高の戦闘能力《パフォーマンス》だった。

「すぐに移動するぞ。あまり同じ所に構い過ぎるなよ」

『はいよ。マスター』

まあ俺と繋がっていなければ動けないので、その呼び方は間違ってはいないだろう。

そんな敬意もへったくれもない呼び方を聞きながら動き出した俺は、ナイフを逆手で握りながら立ち塞がる魔物たちへと突撃する。

「まずは左翼……だな」

騎馬中心となる左翼のレウスとジュリアたちの動きが予想以上に速いので、先にそちらから攻めるとしよう。

進む方角を決め、能力を全て活用しながら魔物の群れを突破するのは中々に大変であるが、敵陣で孤立している以上、足を止めた時点で終わりだ。

故に邪魔な魔物を魔法で薙ぎ払うだけでなく、すれ違い様にナイフで相手の首を一閃《いっせん》したり、避けるだけで相手にしなかったりと、無駄を最小限に抑えながら体力と魔力を常に意識しながら俺は進み続ける。

『『ショットガン』継続射撃……魔力残量五十……』

『ブラボー、魔力低下……切り離し《パージ》……三……二……』

『『スナイプ』発射……『マグナム』切り替え……順次発射……』

とはいえ、合間に魔力を回復出来る俺と違い、元は魔石である発動体の方には限界がある。初手の『ガトリング』掃射でかなり消耗していた発動体の魔力が切れそうになったところで、俺は『ストリング』を操りその発動体を魔物が最も密集している場所へと飛ばしていた。

不意に飛んできた発動体を敵だと認識したのか、魔物がそれに群がった瞬間……『ストリング』から切断された発動体は周囲に凄まじい衝撃波を放って多くの魔物を巻き込みながら消滅した。所謂《いわゆる》、小型爆弾みたいなものだな。

これで一つ発動体を失ったが、すぐさま新しいカードを取り出して補充する。

カードはあるだけ全部持ってきたので余裕はあるものの、この戦いは長くなりそうなのでなるべく節約していかないとな。

『あはははははは！　動けるってのは楽しいねぇ！』

そして動けるようになった師匠《ナイフ》であるが、それはもう凄まじいの一言だ。

たかがナイフ一本でありながら、師匠は細かい関節によるフレキシブルな『ストリング』によって俺の周囲を自在に飛び回り、魔物の急所を的確に斬り裂いて仕留めていく。

斬るだけでなく魔物の体を貫通したり、大きい魔物の場合は体内に入り込んで回転したりと、高らかな笑い声を上げながら存分に暴れ回っていた。しかもこれだけ大暴れしていながら、俺の動きを一切邪魔していないのだ。師匠の技術か聖樹の力なのかは不明だが、色んな意味で恐ろしい。

「よし、この辺りはもう十分だ。次へ行くぞ！」

『まだあの魔物の臓物を味わってないんだが……仕方がないねぇ』

狙っていた獲物を前に文句を垂れる師匠を引っ張ってやれば、渋々だが諦めてくれた。普段なら俺の命令なんか聞きやしない師匠だが、さすがに今は俺と繋がっているせいか多少なら言う事を聞いてくれるみたいだ。

しかし魔物の臓物を味わうって、どれだけ楽しんでいるんだよ。この師匠《ナイフ》は血に飢えているんじゃないかと以前想像した事はあるが、やはり間違いではなかったらしい。

そんな風に師匠と騒ぎながら暴れ回っている内に左翼側の作業が一通り済んだので、今度は右翼側へ向かう為《ため》に再び魔物の群れの中を進んで行く。

途中、俺とは違う位置で動いていたホクトの様子も確認してみたが、あちらも存分に暴れ回っているようだ。前線基地では空中戦を主にしていたせいかあまり使わなかった炎の能力を駆使し、敵陣の至る所に大打撃を与えているようである。

もちろん合流してホクトの背中に乗る手もあるが、俺が乗っているとホクトの攻撃が制限されてしまうし、何より戦場が広いので今回は完全に別れて行動すると決めていた。

「師匠、向こうの集団は任せた」

『自分でやりな！』

「そんな余裕はない。通り抜ける間に済ませろ」

『人使いが荒いねぇ……』

「あんたはもう人じゃないだろ？」

何だろうな。ほんの僅かな油断が致命的な状況だというのに、不思議なくらい俺は高揚していた。

師匠と一緒に戦っているせいかもしれないが、それ以上に前世を思い出しているからだろう。弟子や守りを気にせず、ただ勝利の為に駆ける一人の戦士……エージェントとして動いていたあの頃を……。

「突破するぞ！」

『はいよ！』

鍛えてきた技と能力を惜しみなく使える喜びも感じながら、俺は一人敵陣を駆け抜け続けた。

――　ベイオルフ（右翼部隊）　――

「ぬおおおおおおおおぉぉぉぉ――――っ！！！」

トウセンさん……いえ、剛剣として戦場に立ったライオルさんは、開戦の号令を待たず先走ってしまいました。

幸いながらサンジェル様の号令とほとんど同時だった上に、全く動じていないエミリアさんが冷静に動き出したので、僕たちは一歩遅れながらも突撃を開始しました。

「ぬははははは！　斬り放題じゃなぁ！　待っておれい！」

この戦力の圧倒的な差を知りながらも平然と飛び出るその言葉に、もう呆れる他ありません。

あの方の剣に巻き込まれないように距離を取って追う僕たちですが、ライオルさんはまるで馬に乗っているのかと思う程に足が速く、こちらが速度を調整する必要は一切なさそうです。

「そろそろですよ。身構えなさい」

そんなエミリアさんの言葉と同時に、ライオルさんが遂《つい》に敵の先頭とぶつかりました。

走っていた僕たちと違って歩きで迫っていた魔物たちですが、例のラムダという存在に操られているのでしょう。本来なら持った武器を適当に振り回す筈《はず》の魔物たちが途中で一旦立ち止まり、槍を一斉に構えてライオルさんの方から来るのを待っていたのです。シリウスさんが作戦前に言っていた槍衾《やりぶすま》というものですね。

ここは僕の後ろにいる兵たちに魔法を放ってもらい、あの槍衾を崩してから攻めるべきとは思いますが、エミリアさんは何も指示を出しません。

そして衝撃波を放つ『衝破』を使う素振りすら見せないライオルさんは……。

「ぬりゃあああああぁぁぁぁぁ――――っ！」

必殺技も何もないただの一振りで、槍どころか百に近い魔物すら吹っ飛ばしていました。

今まで何も援護をしなかったのは、この程度なら手助けなんか必要ないというわけですね。

その後も前線基地で見せた剣の暴風を巻き起こし、一切立ち止まらず魔物を斬り飛ばし続けるライオルさんに少し遅れて僕たちも攻撃を始めました。

「剛剣殿に続けぇ！」

「陣形を維持しつつ、穴を広げろ！　この勢いで一気に崩すのだ！」

「前は剛剣殿に任せておけばいい。確実に殲滅《せんめつ》しろ！」

ライオルさんが突破口を開き、僕たちはその穴を広げながら魔物たちを殲滅する。

開戦目前になっても檄を飛ばす事も何もしなかったのに、ライオルさんの力強さが部隊全体に影響を与えているのか、この一年で無茶苦茶な経験をしてきた僕でも驚くくらいに部隊の士気は高い。

魔法はなるべく温存という事で武器での戦闘が主になっていますが、皆さんの勢いは本当に凄《すさ》まじく、最早《もはや》蹂躙《じゅうりん》と呼べるくらいにこちらが一方的でした。

「お爺《じい》ちゃん、もう少し左へ！　それと右側を纏《まと》めてお願いします！』

「任せておけい！　ふんぬっ！」

そんな中、エミリアさんはライオルさんへ指示を飛ばしながら、時折迫ってくる魔物へナイフを振るっていました。

魔法ではなく武器で戦うエミリアさんの姿を初めて見たのですが、思わず見惚《みと》れてしまうような戦いぶりです。

無駄な動きを省き、勢いを殺さぬように回転……いえ、舞うようにナイフで魔物の急所を斬り裂く姿は、光を反射する銀髪が靡《なび》く姿も相まってとても美しい。同じシリウスさんの弟子であるレウス君が力であるなら、エミリアさんは技に磨きをかけているという事でしょう。

しかし戦いながら指示を飛ばさなければならないので、僕がエミリアさんを守るように戦っていると、遠くを見据えていたエミリアさんが走る速度を落としながら声を張り上げました。

「皆さん、もう少し進んだら止まります。『流壁《りゅうへき》』の準備を！」

「え!?　今からですか？」

「りょ、了解した。流壁の陣！　準備を急げ！」

「第三、第四部隊の魔法隊は詠唱を開始！　合図を待て！」

エミリアさんが口にしたのは開戦前に決めた作戦の一つで、その内容は一旦部隊の足を止め、周辺の魔物を殲滅させるものです。

千に近い集団だからこそ可能な作戦で、大きな盾を持った兵士たちが全体を守るように移動を始め、魔法を使う小隊が詠唱を始める中、エミリアさんは再びライオルさんへ声を掛けていました。

「お爺ちゃん、少し止まってください。向こうから魔物が来ますよ」

「来たか！　待ちくたびれたわい！」

妙に嬉《うれ》しそうなライオルさんが立ち止まると同時に部隊の人たちによる魔法が発動すれば、ライオルさんより少し前方の地面が盛り上がって二枚の長くて高い壁が作られました。

あの土壁はライオルさんを起点に扇形……左右斜め前方に伸びていますので、防御としてはほとんど意味がありません。

ですが大半の魔物が壁に沿って流れるようになるので、自然と力の有り余るライオルさんへと集める事が出来るわけです。完全にライオルさん任せな作戦ですが、あの人が戦闘中に疲れ果てた事は一度もありませんし、何より本人がやる気満々だったので問題はないでしょう。

ただ、一つだけ気になる事がありました。

「エミリアさん、何故《なぜ》この場所で流壁を？　魔物に壁が壊される可能性もありますし、もう少し攻め込んでからにした方が……」

「この周辺には厄介な魔物が固まっているので、綺麗《きれい》に掃除しないと私たちの足が鈍ります。それに周りをよく見てみなさい。辺りに貴方《あなた》が気にするような魔物はいますか？」

「それは……」

言われてみれば、あの壁を壊せそうな大型の魔物がほとんど見当たらず、厄介そうな中型の魔物ばかりです。

体が大きい分だけ目立つので、突入前は戦場全体に点々と存在していたのを確認しましたが、いつの間にか右翼側では大きく数が減っているのです。

作戦の為に部隊が陣形を整えている中、軽く一息吐《つ》いていた僕は周囲を注意深く観察し続けているエミリアさんに聞いてみました。

「もしかして、シリウスさんの指示ですか？」

「いいえ。今回のシリウス様はご自身のみに集中するそうなので、これは私の判断です。今は不要な声を掛けて邪魔をしたくありませんから」

「ですが情報を伝える事は大切では？」

「これくらいならば私たちでも十分対処出来ますし、あの御方《おかた》なら伝えずともご理解されますので」

どこを向いても魔物の大群しか見えませんが、エミリアさんの視線の先にはシリウスさんかホクトさんが攻撃したと思われる跡が残されていました。

すでに魔物に埋もれてあの方たちの姿は見えませんが、常に戦場を駆け回っているのは確かなようです。

「意図的に多く削られた魔物や、攻撃によって足並みを乱している箇所。姿は見えずとも、シリウス様とホクトさんが動いた結果は戦場を見ればわかります。簡単に言うのであれば、あの御方たちが最適な道を複数も作ってくださるので、私はそこから選んでいるだけなのですよ」

「そうは言いますけど……」

選んでいるだけとは言いますが、現場を見ただけで相手の意図を理解し、更に実行へ移せる事が簡単な筈がありません。

お互いに信頼しているだけではなく、お二人の実力と経験と勘が培われていなければ到底不可能でしょう。絆《きずな》の強さというものを見せられて呆気《あっけ》に取られていると、エミリアさんが微笑《ほほえ》みながら声を掛けてくれました。

「あの御方と共にいれば、貴方もすぐわかるようになりますよ。さあ、お爺ちゃんがある程度片付けたらすぐに動きますよ。いつでも走れるように気を引き締めておきなさい」

「はい！」

ライオルさんを制御出来るのみではなく、指揮官としても本当に頼もしい女性です。

そんなエミリアさんと共に戦える事を誇らしく思う中、僕は迫る魔物へ剣を振るいました。

――アルベリオ（左翼部隊）――


二千に及ぶ兵士たちを率いた私たち左翼の部隊は、魔物の群れへと正面から突撃していた。

最早《もはや》肉の壁とも言いたくなる程に魔物の数は多いが、精鋭を集めた私たちの突破力は凄まじく、魔物はまるで枯れ葉のように次々と薙《な》ぎ払われていく。

前線基地でも何度も見た光景でもあるが、今回はあの時の突撃が比較にならない程の勢いと力強さを見せていた。

部隊の規模が大きいので当然だろうが、それ以上に……。

「どらっしゃあああああぁぁぁ――――っ！」

「はあああぁぁぁぁ――――っ！」

左翼の先頭を走る二人……レウスとジュリア様が共に並んで戦っているからだろう。

もちろん前線基地でも一緒に戦ってはきたが、あの時は基本的にジュリア様が前に出てレウスは援護に回っていたので、こうして肩を並べて戦うのは初めてなのだ。例外は師匠と剛剣殿を追いかけた時であるが、あれは一頭の馬に二人が乗っていたから全力は出せなかった筈だ。

剣が振り辛《づら》いからと言って馬に乗ろうとしなかったレウスも、ジュリア様から借りた立派な馬と相性が良かったのか、あまり気にせず剣を振り回せているようだ。

そんな彼の少し後方で全体を細かく確認しながら続いていると、私の近くでハルバードを振り回すキースが呟《つぶや》いた。

「全く。どうなってんだよ、あの二人は？」

「そうだね、本当に驚かされるよ」

お互いに距離が近くて剣が振り辛い筈なのに、二人の動きに躊躇《ちゅうちょ》が全くないのだ。

更にあれだけ長い二本の剣が全く干渉をせず、互いの隙を埋めるように振られているのだから、キースがそう呟くのも当然だと思う。

「何かもう、前線基地の時より凄《すご》くなってねえか？　明らかに強くなっている気がするんだが」

「気がするんじゃなくて、本当に強くなっているのさ。おそらく師匠と剛剣殿の戦いぶりを見たからだと思う」

前線基地で師匠とライオル殿が敵陣で暴れ回った時、あの二人は異様なくらい真剣な表情でその戦いぶりを見に行っていた。

連日の激戦で疲れていた筈なのに、それが絶対だと言わんばかりの行動だったわけだが……その結果がこれなのだろう。

つまり見ただけで成長したという、傍《はた》から見れば冗談としか思えない話ではあるが、レウスの場合はそれが十分にあり得るのだ。

以前、師匠はレウスについてこう語っていた。

『レウスは全ての基礎を……土台をしっかりと鍛えさせた。だから何かの切っ掛けで突然変わってもおかしくはないし、実際に何度もレウスは己の限界を越えてきたからな』

期間は短いが私も師匠の訓練を受けていたので、レウスがどれだけ努力を重ねてきたのかはよく知っている。だから突然強くなっている事にあまり驚きはしない。故に私が一番驚かされているのは、あんな状態でもレウスは師匠に合わせて動いている点だ。

先程、師匠が魔物の群れの中で戦っている姿が確認出来たが、気付けば移動して見えなくなっている。だが師匠がいた場所の魔物がある程度倒されており、戦場の至る所でその跡が見られた。

事前に聞いた通り敵陣を攪乱《かくらん》しているのであろう。けれどよく見ていると、それは全て計画された動きというのがわかったのだ。

遠距離攻撃を持つ魔物を優先して狙うだけでなく、要所を掻《か》き乱し魔物の気を逸《そ》らして部隊が突撃し易《やす》いようにしてくれたりと、私たちへの恩恵はとても大きい。

しかしその師匠の活躍については、私が先頭より少し後方……部隊全体の状況や周囲を見渡せる余裕があるからこそ理解出来たのだ。

「ジュリア、向こうのでかい奴《やつ》だ！」

「了解した！　皆の者、更に深く攻め入るぞ。しっかりついて来い！」

しかし、レウスに至ってはジュリア様とあれ程の剣舞を見せながらも、明らかに師匠の意図に気付いて動いている。理解していなければ気付けない敵陣の隙を見逃さず、大声で部隊の進む先を示しているのだ。

その素早い判断の御蔭《おかげ》か、私たちは合成魔獣《キメラ》を狙う為《ため》に敵陣の中で進む方角を何度も変えているのに、部隊の被害は予想以上に少なかった。

「左だ！」

「うむ、あれだな！」

そして左翼を率いているのはジュリア様なのに、気付けばレウスが率いているかのようになっていた。部隊での戦闘はあまり経験がないからと、戦闘前の作戦会議ではほとんど口は出さなかったレウスだが、今は部隊を率いる事が当たり前と思えるくらい、皆が彼の背中に惹《ひ》きつけられている。

剣の腕だけでは決して到達出来ない、信頼や実績といった様々な要素が絡んで人を惹きつける……部隊を率いる将としての輝きをレウスは放っていた。

そういえば、レウスの父親と祖父は集落の長をしていたと彼から聞いた事がある。二代に亘《わた》ってそうなのだから、レウスにもそういう才能があってもおかしくはないかもしれないな。嫉妬を覚える気にもなれないレウスの目まぐるしい成長だが、見違える程の成長をしているのは彼だけではなかった。

「「右だ！」」

レウスを見てジュリア様も師匠の意図を理解し始めたのか、気付けば二人の声が重なり始め、ほぼ同時に馬の方角を変えるようになったのだ。

それでもジュリア様はレウスより前へ出ようとはせず、互いの距離間を維持しながら共に剣を振り続けていた。その光景は正に、二人で一つという言葉を体現しているような姿だった。

「本当に息の合った者同士の力というのは、二人分どころかそれ以上の強さを発揮するのだな」

「けっ……途中で代わるつもりだったのに、あれじゃあ入る余地もねえよ」

二人の凄《すさ》まじさに己の力不足を嘆いているキースだが、本人は気付いていないようだけど彼もまた大きく成長していると私は思う。

好戦的な性格もあるが、アービトレイ国の王子として人々を守ろうと常に最前線で無茶ばかりしていた彼が、二人の邪魔をしないように下がるだけでなく、いつでも援護出来る距離を自然と維持しているのだから。

もちろんキースと同じように、私も出来れば二人と並んで戦いたいとは思う。だがはっきり言って今の私では実力不足であり、無理矢理入ったとしても邪魔にしかならないだろう。自身の未熟さを悔しくは思うが、今の私でもやれる事は十分にある。

周囲を見回している内に、右端にいる部隊の消耗を確認した私は、近くにいる各部隊長や伝達係へ指示を出した。

「二番隊の負担が大きいようです。交代を急いでください！」

「了解した！」

「三番隊の皆さん、準備はよろしいですか？」

「ようやく出番ですかな。我々はいつでも行けますぞ！」

「わかりました。では第二部隊、後退してください！　第三部隊、前へ！」

他国の者であるというのに、こんな私にも一部の指揮権を委ねてくれたジュリア様や皆の為に、そして……将来の義弟《おとうと》となるレウスの為にも私は全力を尽くそう。

「ジュリア、まだ行けるよな？」

「もちろんだ！　レウスとの剣舞ならいつまでも続けられるさ！」

だから……君たちは前だけ見て走れ。

二人が輝き続ける限り私たちはどこまでも追いかけ、その背中を守り続けるから。


――――　シェミフィアー（中央部隊）　――――


サンドールの命運を賭けた戦いが始まる中、私は中央部隊の中心にある櫓《やぐら》の上にいた。

馬車を改造して作られたその櫓は移動させる事が可能で、これに乗っていればどこでも戦場を見下ろせるからとても便利なのよね。それなりに高く作られているので足元が時々揺れるのが難点だけど、少し乗っていれば慣れるでしょ。

そんな櫓には私の他に、この部隊の総大将であるサンジェルと、中央部隊の士気を全て担うカイエンも乗っていて、二人は前進を始めた各部隊を真剣な面持ちで見守っていた。

「遂《つい》に始まったわね。ところで、本当に二人はここでいいの？　最前線から離れているとはいえ、安心は出来ない距離よ」

「今更どこにいても同じだろ？　それに奴が来た以上、一番後ろで縮こまるなんて情けなくて出来るわけがねえ」

「頼もしいけど、下を困らせる総大将ね。もう貴方《あなた》はそれでいいと思うけど、総指揮官である貴方までここにいなくてもいいんじゃないの？」

「全体を見て判断するのが指揮官ですが、前に出て戦場の空気を肌で感じるのも時には必要なのですよ」

　実際、後方の防壁の上にいた方が安全な上に、この櫓より高いから戦場を見渡すには十分だと思うのだけど、彼もレウスが見せる直感のようなものを大事にする人のようね。

ただ、カイエンの場合は他にも理由があるみたい。自分がわかっている事をわざわざ口に出す場面が何度もあったので、次代の王たるサンジェルへ色々教える為だと思う。

　何だかシリウスっぽいなと心の中で苦笑していると、どの部隊よりも早く動いたシリウスとホクトが魔物たちへ攻撃を始めていた。

「おお……凄いとは聞いちゃいたが、あれは予想以上だな。百狼《びゃくろう》ってのはあんな上級魔法に匹敵する炎を使えるのかよ」

「確かに凄いけど、あれはホクトが特殊過ぎるだけよ」

大きな炎の波へと姿を変え、槍《やり》を構える魔物たちを次々と焼き尽くしていくホクトの凄まじさにサンジェルが息を呑《の》んでいる。

そして突撃において厄介な槍部隊が消えたのを確認したカイエンは、次に中央部隊の最前線に鋭い視線を向けながら呟く。

「これでフォルトたちの負担が減ったでしょう。フィア殿、準備はよろしいですかな？」

「ええ、もう発動させているわ」

「了解した。全隊、前進を続けろ！」

しかし敵の数を減らしたのはいいけど、あれ程の炎となればしばらく近づけない程の熱が残るでしょうね。おそらく立っているだけで喉が焼けるくらいに。

でも私が魔法で追い風を起こして熱を吹き飛ばしてあげれば、味方があの場所を通る頃には冷めているでしょう。ついでに流した熱風で魔物たちを攻撃出来るし、偶《たま》にシリウスが言う一石二鳥というやつね。

その熱風によって魔物が倒れ始め、エミリアとレウスがいる両翼が敵陣へと突入して暴れ始めた頃、ゆっくりと前進を続けていた中央の部隊も遂に魔物たちとぶつかった。

地平線まで伸びる魔物の群れを目の前にすれば、多少心が挫《くじ》けそうになるけど……。

「ぬうんっ！」

「せいやあああぁぁぁぁ――――っ！」

巨大な斧《おの》を一振りする度に大量の魔物を吹き飛ばす獣王の豪快さと、身の丈はある巨大な盾で全ての攻撃を防ぎ、返す槍で次々と魔物の体に風穴を開けていくフォルトの活躍により、部隊の士気は下がるどころかむしろ上がっているようね。

獣王の実力は前にアービトレイの城で見たから知ってはいるけど、フォルトもまた彼に負けず劣らずの実力者みたい。

何せ己より数倍大きいオーガの拳を正面から軽々と受け止め、更にそのオーガを突き刺したままの槍を振り回して周囲の魔物も薙《な》ぎ払っているもの。

以前、とある作戦の為にシリウスはフォルトを捕獲しようとした。

何重にも仕掛けた罠《わな》によって捕獲は成功したものの、シリウスはその時にこうも言っていたわ。もしフォルトが護身用の剣じゃなく愛用の武器を使っていたら、捕獲は絶対に無理だったかもしれない……と。

「将軍と呼ばれるわけね。レウスが戦ってみたがるわけだわ」

「あれは世話役も嫌いではないようですが、本来は戦う方が得意な男ですからな。ここ最近は鬱憤が溜《た》まっておりましたから、随分と張り切っておるようです」

こんな状況でも軽い口調で語るカイエンだけど、彼の指示はどれも鋭く的確だわ。

その証拠に、大軍同士の戦いは至る所で予想もつかない動きが起こるものなのに、全ての部隊を効率的に動かして成果を次々と上げているもの。

「フォルト隊、盾の陣！　獣王隊を回り込ませろ！」

たとえば、簡単には崩せそうにない中型の魔物が固まっている場合、フォルトがいる部隊が守りを固めて足止めをし、その左右から前進をした獣王の部隊が側面を突くと同時にフォルトの部隊が攻めへ転ずる……つまり挟撃によって一気に殲滅《せんめつ》している。

もちろん、獣王とフォルトの部隊が強いってのもある。それでもこちらの被害を最小限に抑え、相手には最大限の被害を与えるという、言葉は単純でも一番難しい事を次々とこなしているのだから。

サンドールの皆が彼を頼りにするのも納得だと思っていると、私の視線に気付いたカイエンが戦場に目を向けたまま呟《つぶや》く。

「ふむ……すでに爺《じじい》の身ですが、貴方のような美人からの熱い視線は堪《たま》りませぬな」

「あら、お世辞まで言える余裕もあるのね。別に他意はなくて、サンドールの指揮官は頼りになるなって思っていただけよ」

「いえいえ。皆が期待以上の動きしてくれるから、私の指示が生きるのですよ。そして御覧なされ。左翼に至ってはジュリア様ではなくレウス殿が率いているので、実質両翼を動かしているのは貴方のお仲間ですな」

そこで新たな指示を出し終えたカイエンは、すぐ隣で戦場を真剣な面持ちで眺めているサンジェルへ聞かせるように語り出した。

「サンジェル様。見ての通りシリウス殿が戦場を攪乱《かくらん》して隙を作り、そこを左右の部隊が的確に狙っているわけですが、この意味がわかりますかな？」

「あ、ああ。お前みたいに理解はしてねえが、とんでもなく難しい事をやっているのはわかるぜ」

「そこまでわかるのであれば、今は十分です。そもそも部隊同士の連携は難しいもので、特に今回のような大部隊であれば更に難易度は跳ね上がるでしょう。ですがあの前線で戦う彼等《かれら》の連携は、正に完璧と呼ぶに相応《ふさわ》しい出来です。離れているのに、まるで魂が繋《つな》がっているかのような一体感は見事の他にありません」

それはもう、あの子たちとシリウスは幼い頃から一緒に育った家族だもの。魂で繋がっていると言われても、何らおかしくはないわね。

「故に説明したところで出来るものではないので、今の私では不可能でしょうね」

「いや、不可能とか言いながらよ、お前もあいつ等の動きに合わせているじゃねえか。両翼へ向けて援護や補充の兵を送っているのは、お前があの連携を理解しているからだろ？」

「それは私が担う中央部隊の進みが遅く、後方から全体の動きをじっくりと見る事が出来るからです。あれだけ敵陣の中で戦いながらではとても……」

「謙遜しているけど、こんな状況で各部隊に的確な指示を出せる時点で十分過ぎると思うわよ」

「ふふ、伊達《だて》に長生きはしておりませぬよ。まあエルフであるフィア殿からすれば、私はまだまだ若造かもしれませぬが」

大事なのは長く生きる事ではなく、どれだけ良い経験を重ねたかだと思うけど、カイエンはどちらも満たしているからこそ強いわけね。


その後も皆とカイエンによる快進撃は続き、こちらに届く報告は吉報ばかりだった。

「報告！　ハイド隊が指定目標の撃破に成功。損害は軽微です！」

「ロイ隊の消耗も想定以下！　引き続き戦闘を継続中！」

「ヴェリス隊から伝令！　敵陣にて巨大な合成魔獣《キメラ》を討伐完了との事！」

「……順調なようね。正直に言って、あの魔物の大群にここまで上手《うま》く事が進むとは思わなかったわ」

「確かに数の差は圧倒的で、私たちのように陣形を使って攻めてくるのは脅威と言えましょう。ですが、魔物が人を模倣しているからこそ弱点が見つけやすいのです」

だからこそカイエンも先が読みやすく、シリウスの攪乱が大きな意味を持つわけね。

でも、安心するのはまだ早い。数の暴力に対し、こちらは飛び抜けた力を持つ精鋭たちと連携によって何とか勝負に持ち込めているのが現状だから、今《いま》は順調でも油断は出来ない。何より膨大な魔物だけでなく、最も警戒すべき相手が未だ健在なのだから。

私と同じ事を考えているのか、あの男がいるであろう場所を見据えていたサンジェルが呟いた。

「あの野郎……何を考えていやがる。やられっぱなしなんてあり得ねえだろ」

「やはり気付かれましたか。そう、明らかに作戦が上手く行き過ぎています。あれだけサンドール内で策を弄していた者が、この状況で未だ静観しているなんてあり得ませぬ」

数の暴力で攻めるのであれば、全ての魔物を本能のままぶつけるのが一番効率的だとシリウスは言っていた。

サンドールを恐怖に落とす為《ため》にじっくり攻めるつもりとはいえ、ここまで一方的にやられていたら何かしてくる筈《はず》よね。

「考えられるとしたら、こちらが予想以上の攻めだったので対応を検討中か、別の策がある……という事でしょう」

「ちっ、あいつなら間違いなく何かあるだろうな。カイエン、部隊の足を緩めて少し様子を見るってのはどうだ？」

「悪くはありませんが、まだこのまま前進を続けましょう。両翼に遅れ過ぎると、いざという時に対応出来ません」

「う……そうか。余計な口出しをして悪かったな。くそ……魔物は無視出来ねえし、俺たちは後手に回ってばかりじゃねえか」

「ええ、それはシリウス殿も理解しているのでしょう。あの方は、先程から探るような動きをしていますので、何か見つけようとしているのかもしれませんな」

言われてシリウスの動きに注目してみると、攪乱にしては妙に大きく前へ出る事が何度もあった。まるで仕掛けてこいと言わんばかりの動き……つまり囮《おとり》になろうとしているのね。全くもう、さすがに頑張り過ぎよ。帰ったら説教してやるんだから。

「私も引き続き警戒はしておりますが、サンジェル様も何か気付いたら遠慮なく言ってくだされ」

「碌《ろく》に実戦の経験がない俺の考えなんて邪魔になるだろうし、さっきのも却下されたばかりじゃねえか。俺に何を気付けってんだよ？」

「あの男と一緒にいた時間は貴方が最も長いではありませぬか。それに内容については私も検討しますし、恐れずに申されよ。貴方の御父上《おちちうえ》も、このような実戦を通して成長されたのですぞ」

「っ!?」

本人を前にそんな素振りは見せないけど、父親を心から慕っているサンジェルだからこそ今の言葉は効いたみたい。返事はせず静かに頷《うなず》いたサンジェルは、行動で示すと言わんばかりに戦場へと再び視線を向けていた。

酒飲み仲間がこんなに頑張ろうとしているのだから、私も負けていられないわね。皆も頑張っているし、さすがに出番が待ち遠しくなってきた頃……遂《つい》に合図が届いた。

『フィア。正面、少し左翼寄りだ』

「ええ、見えたわ。後は任せて」

『コール』によるシリウスの声に導かれて視線を向けてみれば、敵陣の真《ま》っ只中《ただなか》に『ライト』の光が打ち上げられた。

そこを中心に周辺へ目を凝らせば、背の高い魔物に囲まれた合成魔獣《キメラ》の姿が確認出来たので、私は聖樹の枝で作られた弓……アルシェリオンを構える。

「なるほど、確かにあの位置は私向きね」

続いてアルシェリオンから生み出された矢を引き絞ったところで、あの合成魔獣《キメラ》を私に任せた理由も判明した。両翼から微妙に離れた位置なだけでなく、魔物が密集して守りが堅いからシリウスが通りすがりで仕留めるのは少し面倒なのね。

「遂に出番ですか。しかし随分と射角が低い気もしますが、それで届くのですかな？」

「あまり高過ぎると空の魔物に当たるからね。まあ見ていなさいって」

シリウスの魔法とは勝手は違うけど、遠くの相手を狙う訓練は欠かさなかったもの。

まあ、私の場合は風の精霊たちに頼んで矢の軌道を操作する事は出来るから、そこまで正確に狙う必要はないんだけどね。でもきちんと狙わないとそれだけ精霊たちの負担が増えるから、私自身が怠るわけにはいかない。

最後の微調整を終えて矢を放とうとしたその時、不意に弓からとある感覚が流れてきた。

そう……気付いたのね。貴方《あなた》の尊厳を奪うだけでなく、魂まで辱めた敵が、この戦場にいるって事を。

「でも大丈夫。焦らなくても、必ずその時は来るわ。だから今は大人しく言う事を聞いてちょうだい」

アルシェリオンに取り込まれた名もなきエルフが落ち着いたところで、私はほんの少し息を止めてから矢を放つ。

本来なら完全に射程外である距離も、アルシェリオンの能力と風の精霊によって飛翔《ひしょう》を続ける矢は、狙い通りに合成魔獣《キメラ》の体へと突き刺さった。

とはいえ、目標の合成魔獣《キメラ》は中型の魔物と同等の大きさなので、私の矢なんて小さな針に刺されたとしか感じないでしょうね。本来なら目とか急所を狙うべきかもしれないけど、この矢なら体に刺さっただけで十分よ。

「聖樹様の魔力は如何《いかが》かしら？」

刺さった矢からアルシェリオンの魔力が流れ込むと同時に、合成魔獣《キメラ》は力なく崩れ落ちて完全に沈黙していた。

様々な魔物の死体をくっ付けている合成魔獣《キメラ》は魔法陣によって動いているようなので、それを矢の魔力によって破壊したのだから動かなくなるのも当然ね。少し不本意な言い方だけど、合成魔獣《キメラ》にとって聖樹様の魔力は最高の毒なわけ。

私の矢を目で追っていたのか、目標を仕留めたのを確認したカイエンは満足そうに笑みを浮かべ、サンジェルはぽかんと口を開けたままだった。

「お見事です。魔物の陣形に乱れが出てきたので、すぐにあの地点へフォルトを向かわせましょう」

「な、何だありゃ？　うちの弓の名手が霞《かす》んで見える腕前じゃねえか」

「私の場合はこの弓と魔法の御蔭《おかげ》だから、他の弓手と一緒に考えない方がいいわよ」

今のように遠くの標的を撃ち抜いていく人の事を、シリウスの言葉で狙撃手《スナイパー》って呼ぶみ

TVアニメ2021年10月9日(土)より
放送スタート!
最果てのパラディン
TOKYO MX 毎週土曜 22:00～
AT-X 毎週土曜 23:30～
BS日テレ 毎週土曜 24:00～
dアニメストア他にて配信予定
放送1週間前の10月2日(土)は
9月26日(日)開催イベントのダイジェスト特番!!
この他、詳細は公式HPをチェック!
©柳野かなた・オーバーラップ／最果てのパラディン製作委員会

OPテーマ

「The Sacred Torch」 歌：H-el-ical//

原作小説&コミックスも好評発売中！

TVアニメ最新情報コチラ

公式HP：farawaypaladin.com

公式Twitter：@faraway_paladin

たい。ちなみにこの言葉の響きは結構気に入っていたりするので、今度からそう名乗ろうかなって考えている。

『フィア、もう一体頼む』

「了解。こっちは気にせずじゃんじゃん来なさい！」

うん……お腹《なか》への負担もほとんどないし、これなら問題なく皆と一緒に戦える。けれど、決して無理だけはしないように気をつけないとね。今の私には家族となる新たな命も抱えているのだから。

「頼んだわよ、貴方たち」

風の精霊たちとアルシェリオン。そして名もなきエルフに語り掛けながら、私は次の矢を番《つが》えた。

《従者としての意地》

――ベイオルフ（右翼部隊）――


「お爺《じい》ちゃんを左側へ移動させます！」

「了解した。第五、第六部隊を前面へ押し出せ！」

「第四弓隊、第五魔法隊、射撃準備！　剛剣の反対側へ一斉に撃ち込むぞ！」

師匠とホクトさんの意図を読んでライオルさんを巧みに誘導するエミリアさんと、それに合わせて部隊を動かす部隊長さんたちの活躍により、僕たち右翼の部隊は更に敵陣深くへと攻め込んでいました。

しかしどれだけ優秀な人たちが揃《そろ》おうと、敵は無限に近い魔物たちです。

一見順調そうに見える僕たちですが、緊張による油断や、魔物の猛攻に耐え切れず部隊の一部が崩されそうになる事が何度も起こっていました。

その度に互いに助け合いながら何とか切り抜けてはいましたが、今度ばかりはさすがに不味《まず》いようですね。

「くっ!?　こいつ等、急に動きが……ぐあっ！」

「側面を抜かれるぞ！　気を付けろ！」

「援護だ！　足も止めるなよ！」

油断や疲労によって列が間延びしていた箇所を狙われてしまい、部隊が分断されそうになっていたのです。

そこは怪我人《けがにん》も多くいたので敵の猛攻に抗《あらが》うのが厳しく、もし完全に分断されてしまえば被害は甚大となります。状況によっては本格的に立て直す必要が出てきて、中央部隊と合流する事も視野に入れなければなりません。これ以上被害を広めない為に援護へ向かおうとしましたが、その僕をエミリアさんが止めたのです。

「待ちなさい、ベイオルフ。援護は不要です」

「ですが、あれを放っておくわけには！」

「問題はありません。すぐに片付きますから」

一体何が……と、僕が口にするよりも先に、別の場所で戦っていた筈のホクトさんが現れ、部隊を攻撃していた魔物たちを吹き飛ばしながら僕たちの横を駆け抜けていきました。

正にあっという間の出来事でしたが、その御蔭で敵の猛攻が緩み、周囲の援護も含め何とか立て直して被害を食い止める事が出来たようです。

「八番隊、立て直しました！　損害は出ましたが、移動に支障はありません」

「何とか凌《しの》げたか。だが、そろそろ後退も視野に入れるべきかもしれぬな」

「エミリア殿。剛剣殿の疲労も気になりますし、一旦中央まで下がって戦力を整えるべきだと思うぞ」

「いいえ、お爺ちゃんはまだ元気ですし、補充についてはすでに手を打たれていると思います」

エミリアさんの言う通り、まだ十分に戦えますので今すぐ戻る必要はありません。

しかし補給を受けられる中央へ戻る余力を残しておかなければならないので、粘り過ぎるのもよくはないと部隊長たちが口にしますが、エミリアさんが否定すると同時に一人の伝令が僕たちの下へやってきました。

「モーラ隊！　ヘンリー隊！　カイエン殿の命により援護に来ました。右翼の指揮下に入ります！」

「おお、ありがたい！　さすがはカイエン殿だ」

「エミリア殿も見事な読みだ。よし、これなら憂いなく前進を続けられる」

「はい。お爺ちゃんに続きましょう！」

増援だけでなく怪我人を連れて戻る護衛の部隊も一緒だったので、これで右翼の戦力は大分回復したようです。

その後も僕たちの部隊は何度も奇襲されたり、不意を突かれたりはしましたが、エミリアさんの機転や皆さんの素早い対応によって何とか切り抜ける事が出来ました。

次第に動きの癖を読み始めたのか、側面からの不意打ちを完全に防いだエミリアさんが不意に呟《つぶや》きました。

「……大分近づいているようですね」

「はい。誰が待ち受けているのでしょうか？」

大群で攻めてきている魔物たちですが、基本的にただ前進するか、近くにいる相手へ襲い掛かるばかりだったのに、明らかに指示を受けた動きが増えてきましたからね。

つまり細かい指示を出せる存在……魔物を操っていると言われる、ラムダかその仲間が近くにいる可能性が高いわけです。ですが、未《いま》だにそれらしい相手は見当たりませんし、前で戦うライオルさんも相変わらずご機嫌に剣を振るい続けています。

疲れも全くないようですし、実は知らない内にライオルさんがそういう敵を斬っているんじゃないかと思っていると、突如嫌な感覚が僕の体を駆け抜けたのです。

これは……ライオルさんが何かやらかそうとする時と同じ？

特にライオルさんに怪しい動きはありませんが、過去の経験から無視出来ないと周囲へ注意を促そうとしたその時、僕と同じく警戒を高めていたエミリアさんが叫びました。

「皆さん、防御を！」

「っ!?　了解した。防御陣形！」

「全隊、守りを固めろ！　重装兵、急げ！」

この戦いが始まってから初めて焦りを見せたエミリアさんが、魔力を集中させながら指示を出したその時、ライオルさんの少し前方の地面に光の線が走り始めたのです。

光の線は広範囲に亘《わた》って入り乱れ、そのあまりの大きさにそれが魔法陣であると気づくのが遅れました。何せ普段から見る魔法陣より数十倍という規模ですから。

その大きさに誰もが危険だと判断する中、最も早く動いたエミリアさんが風の魔法で防御しようとしましたが……結果的に防御は必要ありませんでした。

「小賢《こざか》しいわあぁぁぁぁぁぁ――――っ！」

炎が一瞬見えたかと思ったら、ライオルさんが『衝破』で魔法陣ごと炎を吹き飛ばしていたからです。

おそらく魔法陣の大きさからして、上級魔法をも軽く超える威力だったと思うのですが、本当に出鱈目《でたらめ》な人ですね。あの人に通じる魔法ってあるんでしょうか？

最早《もはや》呆《あき》れるだけですが、その御蔭で被害はなかったので僕たちが安堵《あんど》の息を漏らす中、ライオルさんだけは怒りを露《あら》わにしながら吠《ほ》えたのです。

「おのれぇ……エミリアの可愛《かわい》い顔を汚す気か！　さっさと面を見せい！」

「面を見せろって、まだ何かいるのか？」

「あれじゃあ、もうやられてんだろ」

「見ろよ、地面まで粉々じゃねえか」

怒鳴るライオルさんに、兵士や冒険者の皆さんが呆れた表情で呟いています。

確かに地形すら変える程の衝撃波でしたし、巻き込まれてやられていてもおかしくはありませんが、ライオルさんは未だに身構えたままでした。

あの人の感覚は並ではありませんのでエミリアさんと僕も警戒を高めていると、突然視界を塞いでいた土煙が風の魔法によって払われ、そこには全身を黒く染めた一人の女性が悠然と立っていたのです。

「全く、酷《ひど》いものね。私のとっておきをこんなあっさりと吹き飛ばすなんて」

「ほざけ小娘が！　エミリアを狙いおって……許さんぞ！」

「別にエミリアさんだけを狙ったわけじゃないんですけどね」

反射的にライオルさんに突っ込みながら相手の女性を観察してみたところ、多少土埃《つちぼこり》で汚れてはいますが傷らしきものは一切見当たりません。

あの衝撃波を受けて平然としているのも驚きですが、それも彼女の姿を見れば納得出来るかもしれません。彼女の頭には竜と思われる角が三本、背中から四枚の翼が生えており、更に全身が黒い鱗《うろこ》で覆われていたのですから。

人の身でありながら竜に近い女性……つまりあの女性がラムダの部下であるルカというわけですか。

僕たちの優先目的の一つであるルカは、自身の罠《わな》を破壊されてライオルさんを不機嫌そうに睨《にら》みつけていました。

「許す許さないなんて知らないわ。私はラムダ様の命令で貴方たち全員を殺さなければならないのだから、これ以上邪魔はしないでくれる？」

「ふん、やれるものならやってみるがいい。じゃがその前に小娘よ、あの痴《し》れ者《もの》はどこにおる？」

「誰の事？」

「エミリアに手を出そうとした愚か者じゃ！　天井剣とかふざけた事も抜かしていたそうじゃな」

「天王剣《てんおうけん》ですよ」

「ん？　ああ、もしかしてヒルガンの事かしら？　どこかその辺にでもいるんじゃない？」

情報を与えない為《ため》に誤魔化しているように見えますが、あれは本当に興味がないという感じですね。話すだけ無駄だと悟ったのでしょう、それ以上は口にせずライオルさんは剣を振り上げますが、同時にルカが背中の翼を大きく広げて空へと飛び上がったのです。

「貴方《あなた》の強さは認めるわ。でも、その剣がここまで届く？」

「ぬう⁉」

そして剣が届かない高さから、腕を振るってライオルさんへ向かって何かを放ってきたのです。無数に放たれたそれをライオルさんは剣で弾《はじ》きますが、その内の一つが僕たちの前に落ちたところで、ルカが放ったのは自身の黒い鱗であるという事が判明しました。

「皆さん、あの方は鱗を全身から一斉に飛ばす攻撃もしていました。巻き込まれないように気をつけてください」

「了解した！」

「盾を持たない者は少し下がるか、重装兵の後に隠れろ！」

鎧《よろい》でも容易《たやす》く貫通しそうな鱗ですから、巻き添えを食らわないように守りを固めながら僕たちは隙を窺い続けました。

　幸いな事にルカはライオルさん一人に集中しており、ライオルさんも平然と攻撃を防ぎ続けているので、こちらは攻撃準備を落ち着いて整える事が出来ました。

「自慢の剣はどうしたの？　ほら、私を斬ってみなさい」

「ほざけ！　小娘こそ下りて戦う度胸もないか！」

「あるわけないでしょ？」

「……よし、敵は未知数だ。最初から全力で攻めるぞ！」

「魔法隊、放て！　弓隊も続け！」

　そしてルカの隙を突き、部隊長たちの号令によって兵たちから魔法や矢が一斉に放たれました。強敵に備え魔力を温存していた者たちによる上級魔法……巨大な火球や岩石が次々と直撃し、その後に矢の雨がルカへと一斉に降り注ぎます。

　さすがにこれだけ攻撃を集中させれば一溜《ひとた》まりもないとは思いますが、相手はライオルさんの『衝破』を受けても平然としていた相手です。一度では気を抜かず更に追撃しようとしますが、それよりも先に魔法で生まれた爆風に紛れて鱗がこちらへと飛んできました。

「ベイオルフ！」

「はい！」

　咄嗟《とっさ》にエミリアさんと僕で防ぎましたが、爆風が晴れた先にいたルカは無傷のままでした。今ので倒せるとは考えてはいませんでしたが、ここまで手応えがないのは驚きです。

しかも鱗を飛ばしながらも相手の体に変化が見当たらないので、彼女の鱗は再生しているのかもしれないとエミリアさんが呟いていました。

その凄《すさ》まじい鱗の再生能力と防御力の高さに加え、剣士にとって不利な空を飛ぶ相手。

そんな強敵を相手にどう攻めるべきかと悩んでいたその時、気が逸《そ》れた瞬間を狙っていたのでしょう。ライオルさんが前線基地で何度も放った『剛破一刀』を放ったのです。

「ぬりゃあああぁぁぁ――――っ！」

魔力で刀身を一時的に伸ばし、山のように巨大な魔物すら真っ二つにしたあの一撃ならば、相手が空だろうと届きそうですね。

しかし不意を突いたその一撃を、ルカは翼を羽ばたかせて事もなげに避けたのです。

「残念。速くても、来るとわかっていれば簡単よ」

何という反応速度……いや、まさかライオルさんの技を知っていた？

彼女と会うのは初めてな筈《はず》ですが、あの避け方はライオルさんの『剛破一刀』を知らなければ出来ない動きでした。

距離は十分離れていても魔力で伸びた刀身がそう遅れるわけではありませんし、そもそも空にいれば剣が届かないと思って判断が遅れると思いますから。

その状況に驚きを隠せない中、僕たちは脅威ではないと判断したのでしょう。再びライオルさんを狙い始めたルカへの対処に僕たちが悩む中、冷静に相手を分析していたエミリアさんが口を開きました。

「おそらく前線基地での戦いを観察していたのかもしれません。挑発には決して乗らず、相手との相性を考えて優位な位置を崩さず攻め続ける。自身の能力だけでなく知略も優れた相手のようですね」

「なら僕も援護に向かいます！　エミリアさん、あの人の説得をお願いしますね」

自身の剣を避けられた事で、いつもの負けん気が出てきたのでしょう。

これ以上は手出しするなと言わんばかりの気迫をライオルさんが放っていたので、エミリアさんに落ち着かせてもらおうと思ったのですが、前へ出ようとする僕を再び彼女は止めました。

「お待ちなさい。ここは私が行きますので、貴方は皆さんと奥にいる――……」

そのまま今後の動きについて色々と説明されたのですが、一つだけどうしても納得が出来ない内容があったので、僕だけでなく部隊長たちも反論していました。

何故《なぜ》なら、エミリアさんがルカの相手を自分一人でやると言い出したからです。

「待て、エミリア殿はいきなり何を言っているのだ！」

「確かに我々の攻撃は通じていないようだが、まだ試していない手はある筈だろう」

「ですが、彼女の撃破が重要とはいえ、一人を相手に時間を割き過ぎるのはよろしくありません。故に皆さんは、奥にいる合成魔獣《キメラ》を優先してもらいたいのです」

エミリアさんの指摘通り、ライオルさんの『衝破』が届かなかった更に奥には、実に存在感のある巨大な魔物や合成魔獣《キメラ》が何体も見られました。

ルカの周辺にいる点からして、あれは彼女が率いる特別な魔物なのでしょう。だから魔物たちの統率力が高まって細かい指示を飛ばせるようになり、僕たちの隙を突いていたわけですね。その状況から部隊を別《わ》ける理由はわからなくもないのですが、別に一人じゃなくてもライオルさんか僕と協力した方がいいに決まっています。

それを必死に伝えてはみたものの、エミリアさんは冷静に現状を語るだけでした。

「では、この中で空中戦が出来る方はいらっしゃいますか？　失礼に聞こえたら申し訳ありませんが、私は相手が空にいても十分戦う事が出来ます」

「それでも援護くらいは出来ますよ！」

「ああ、魔法で牽制《けんせい》して隙を作るくらいなら我々でも可能な筈だ」

「この戦いは彼女を倒したら終わりではありません。今後に備えてこちらの被害を減らす為にも、各々が適した戦闘をするべきなのです」

確かに、ライオルさんが負けるとは思いませんが、このままだと時間が掛かるのも明白。

一方、エミリアさんは風の魔法で高く飛ぶだけでなく多少なら移動も出来るので、空を飛ぶ敵の相手だけでなく、足止め役としても適任でしょう。

ゼノドラさんたちは空の魔物たちで手一杯ですし、適材適所が重要なのはわかりますが、だからといってエミリアさんだけを置いていくのは……。

「それに私の戦いは少々荒っぽくなりそうなので、皆さんが近くにいると巻き込んでしまいます。離れていただいた方が全力で戦えるのですよ」

「何か秘策や作戦があるのですか？」

「ええ、勝算がなければこのような事を言いません。私は足止めではなく、彼女を倒すつもりですから」

「……わかった」

「向こうは我々に任せてくれ。終わった後は我々の判断で動くとしよう」

自信満々に答えるエミリアさんに、部隊長たちも苦い表情を浮かべながらも受け入れました。それだけエミリアさんを信頼しているのもありますが、部隊で動く以上は非情な選択も受け入れなければならないと判断したのでしょう。

僕も完全に納得はしていませんけど、シリウスさんの弟子である彼女がこんな嘘《うそ》を吐《つ》くとは思えませんので、信じてみようと思います。

「ではお爺《じい》ちゃんを説得してきますので、皆さんはいつでも動けるようにしておいてください」

ライオルさんの力を最も発揮させる為に、エミリアさんは頑張っているんだ。

頼もし気な笑みと共にライオルさんの下へ向かう彼女の後姿を見送った僕は、負けていられないと決意を改めていました。

―――　エミリア　―――


「ふふ、もう攻撃は終わり？」

「ぬう……」

部隊の皆さんと話を付けた後、ルカの放つ鱗を弾き続けるライオルお爺ちゃんの背中へ隠れるように近づけば、お爺ちゃんは正面を向いたまま声を掛けてきました。

「おお、エミリアか！　すまんのう、あの小娘ならすぐに斬るからもう少し待っておれ！」

「いえ、彼女の相手は私がしますので、お爺ちゃんは皆さんと一緒に向こうの魔物をお願いします」

「何じゃと!?」

予想通り、お爺ちゃんは信じられないとばかりに顔だけこちらへ向けてきました。それでも飛んでくる無数の鱗を平然と防いでいるのですから、本当に桁が違う方なのだと感心させられます。

すぐに私の考えと勝算がある点を簡単に説明したのですが、それでも我慢出来ないとお爺ちゃんは騒ぎ始めました。

「ええい、駄目じゃ駄目じゃ！　わしが斬るから待っておれ！」

「これ以上、お爺ちゃんが防御に回る姿《ふさわ》をあまり見たくありません。それにお爺ちゃんが振るう剣は彼女ではなく、もっと相応しい方がいらっしゃるのではありませんか？」

「む……」

「私の予想ですが、お爺ちゃんが斬りたい相手は左翼側か中央にいると思いますよ」

敵の主力でありラムダの片腕であるルカを右翼の中心に配置しているのなら、ヒルガンはその反対側か、敵総大将の護衛をしている可能性が高い。

とにかく今後もお爺ちゃんの本領を発揮してもらう為にも、これ以上ルカの相手をさせるわけにはいかないのです。

「ですから奥の魔物たちを倒したら、後は中央か左翼側へ向かって思うがままに進んでください」

この戦いが始まってから私がお爺ちゃんの進む方角を決めていましたが、目の前のルカと奥の魔物たちを倒せば右翼側の主力はいなくなると思いますので、今後はお爺ちゃんの独断で動いても問題はないと思います。

強い相手に向かっていく本能に関しては誰よりも強い御方《おかた》ですから、後は放っておいてもラムダやヒルガンの下へと向かっていくでしょう。

「私もこちらが片付き次第、お爺ちゃんの後を追います。重ねてお願いしますが、彼女の相手は私に任せてくれませんか？」

「……エミリアには、あの小娘と戦わなければならぬ理由があるのか？」

「はい。とても個人的な理由ですが」

「よかろう！　ならばあの小娘はエミリアに任せるとしよう。そうか……これが彼奴《あやつ》の言っていた、子の成長を喜ぶというやつか……くっ！」

お爺ちゃんにとって私は守るべき存在なのでしょうが、真摯に伝えればきっとわかってくれると思いました。

普段は我が道を進むお爺ちゃんですけど、本当に真《ま》っ直《す》ぐな思いをぶつければしっかりと認めてくれる御方なんですよね。

それから感動の涙を流し続けるお爺ちゃんを落ち着かせたところで、私は魔力を集中させながら機を窺います。

「………今です！」

「うむ！」

攻撃後の僅かな隙を突き、私は『エアショット』で牽制しながら合図を出しました。

その私の声と同時にお爺ちゃんが奥の魔物へ向かって駆け出し、それに合わせてベイオルフや部隊長さんたちが率いる部隊が動き出しますが、こちらの意図に気付いたルカは嘲るような笑みを浮かべながら翼を広げたのです。

「あら、つまらないわね。私を斬るんじゃなかったの？」

「進めい！　全て斬り捨てるのじゃ！」

「そう、私を無視するわけね。なら遠慮なくー……ん？」

「させません！」

私を信じ、一切振り返らずに走るお爺ちゃんの背中を狙おうとするルカですが、私は即座に『エアショット』を放って止めました。

同時に魔法で上昇気流を生み出して地を蹴り、ルカと同じ高さまで飛んだところで『エアショットガン』を連射すれば、さすがに無視出来ないと判断して狙いを私に移したようです。

「鬱陶しい。さっさと私の下で這《は》いつくばれ！」

「結構です。人を見下すばかりでは成長出来ませんよ？」

私の返事を碌《ろく》に聞かずルカは鱗を放ってきましたが、私は横へ大きく動いて避けました。

しかしその動きを読んでいたのか、避けた先にも鱗が放たれていたので、私は魔力で作った足場を蹴って落下するように下へと逃れます。

「どこまでも逃げなさい！　動きを止めたら最後……んっ!?」

地上に着地する隙を狙っていたのでしょう。大きく体を捻《ひね》ったルカが一斉射撃の動きを見せていたのですが、突如その動きを止めました。

何故なら、地上へと落下していた筈の私が弧を描くようにして上昇を始め、彼女と同じように空中で静止していたからです。

「へぇ……貴方《あなた》も飛べるのね。さすがに驚いたわ」

「これで貴方だけが有利ではありませんよ」

「それで？　もしかして私と対等とでも言うつもり？」

動揺から立ち直ったルカが不敵な笑みを浮かべて両腕を広げると、彼女の体中に刻まれていた魔法陣が怪しい光を放ち始めました。

すると、私たちの更に上空を飛んでいた魔物たちが次々と降下し始め、ルカを中心に集まり始めたのです。

これまで空の魔物たちは地上の部隊に対しほとんど見向きもせず、サンドールを守る防壁へと進むばかりでしたが、今のは明らかにルカの指示によって呼ばれたようですね。

「たった一人で挑んでくる勇ましさは褒めてあげる。でも残念だけど、私は貴方と対等になるつもりはないの。全力で嬲《なぶ》り殺してあげる」

「主《あるじ》の命を守る為《ため》には、誇りや尊厳は関係ないという事ですか？」

「よくわかっているじゃない。殺し合いに誇りなんて何の役に立つのかしら？」

「……確かにそうですね。私も卑怯《ひきょう》とは言いませんよ」

私もシリウス様の為ならば汚名を被る事に迷いはありませんし、結果的に生き残れなければ意味がないという点も理解しています。

故に文句は言いませんが、多勢に無勢なこの状況はよろしくありません。真っ当に戦えるとは思っていませんでしたが、相手がそのつもりであるのなら……。

「ですから、私も全力で挑ませていただきます。それと一つ勘違いしていると思いますが、貴方と戦うのは私一人ではありませんよ？」

「どこに？　まさかさっきの爺《じじい》や、下を走る連中に助けを求めるつもり？」

「違います。共に戦うのは……私の家族です！」

そんな私の言葉と同時に地上から大量な水が噴き出し、ルカの周囲にいた魔物たちを次々と地上へと叩《たた》き落としていきました。

魔物を襲っているのは、水の塊から放たれる拳程の水の礫《つぶて》ですが、凄《すさ》まじい勢いで発射されているので岩とほとんど変わらない威力になっています。

突然の攻撃にルカが目を見開いている間に水は徐々に形を変え始め、巨大な水のゴーレムとなってから私の横に並びました。

「リース、無理だと思ったらすぐに報告を」

『私は大丈夫だよ。周りは任せて！』

魔道具を通じてリースの声が聞こえてきましたが、正直に言わせていただくと少し心配です。

リース自身は防壁の近くにいるので危険は少なくとも、今の彼女はその場で怪我人《けがにん》の治療をしながら、水のゴーレムを生み出して私の援護までしてくれているのですから。

更にここまで距離がある分、水のゴーレムを操作する負担は並大抵ではない筈《はず》。それでも私と一緒に戦ってくれるリースに頼もしさを覚えながら、私はもう一人の家族に確認を取ります。

「フィアさん、しばらく負担が増えそうですが、よろしくお願いします」

『了解。遠慮なくやっちゃいなさい！』

中央の部隊に入って、超遠距離から弓で魔物を狙撃しているフィアさんですが、私は彼女の力も借りていました。本来、私の魔法では高く飛び上がる事は出来ても、空を自在に飛んだり留《とど》まる事は出来ません。

しかし、かつて私たちが戦った炎の精霊が見える男性が炎狼《えんろう》の力を増幅していたように、私もフィアさんから風の精霊の力を借りる事によって自在に飛ぶ事が可能となったのです。

もちろん空を飛べるだけでなく……。

「これで貴方と本当の意味で対等です。『エアショット』」

「そんな魔法が私に――……ぎゃっ!?」

魔法の威力も数倍に跳ね上がっています。

上級魔法を受けても平然としていたルカですが、精霊によって増幅された私の魔法は彼女を大きく吹き飛ばす程の威力になっていました。

しかしルカを傷つけるには至らず、すぐに体勢を立て直してこちらへと戻ってきました。

「なるほど。貴方は色々と調べる価値がありそうね」

「別に調べなくても教えますよ？　ただし、貴方たちの力の秘密を教えていただけたらの話ですが」

「何よその下手な交渉。私を馬鹿にしているの？」

「そんなつもりはございませんが、一応は聞いておいた方がいいかと思いまして」

ラムダの詳しい能力や、彼等《かれら》が使う力の秘密でも何でもいいから情報を集めたかったところですが、やはり彼女から情報を引き出すのは無理そうですね。

主が傷ついただけであれ程の怒りを見せる忠誠心があるのですから、彼女は決して主にとって不利な事は吐かないでしょう。予想通り、彼女との会話はここまでですね。

「では、始めましょうか。貴方の研究は……ここで終わらせます！」

「面白い返答だわ。なら、やってみなさいよ」

そしてルカが忌々しそうに私を睨《にら》みながら四枚の翼を広げると、体中に刻まれた魔法陣も光を放ち始めたのです。ここからが本気……という事でしょう。私は大きく深呼吸をしながら愛用のナイフを手に身構えました。


「さあ、どうやって私に勝つのか見せてみなさい！」

遠距離からでは難しいと判断したのか、今度は接近戦をルカは選んだようです。

空を滑るように迫ってきたルカはその勢いを乗せた右腕を振るってきましたが、ただの力任せの横薙《よこな》ぎでしたので回避するのは難しくありませんでした。

しかし彼女の力は凄まじく、空振りによる風圧によって私は避ける事が出来ても体勢を大きく崩してしまったのです。

「飛べるといっても、大して上手《うま》くないようね！」

彼女の言葉通り私は空を飛ぶ事にまだ慣れていないので、実は飛ぶ事に集中力を大分割いています。ですがこういう時こそ冷静に……です。

追撃しようとルカは更に左腕を振るってきますが、風圧に逆らおうとはせず流れに身を任せるようにして追撃を避けると同時に、空中という状況を生かした回転をしながらルカの腹部へ蹴りを食らわせます。

魔力で肉体を強化しても私の蹴り程度ではびくともしないでしょうが、当てると同時に足先から『エアインパクト』を放てば、先程と同じようにルカが大きく吹き飛びました。

そこから追撃の『エアスラッシュ』を放ちますが、岩をも切断する風の刃を受けてもルカの体には傷一つありませんでした。

「想定以上ですね。なら次は……」

シリウス様直伝の蹴りだけでなく、強化された『エアスラッシュ』でも駄目ですか。結局私の蹴りは相手の腹部に靴跡を付けただけでしたが、今の攻防で色々と判明した事があります。

どうもルカ本人は接近戦……というか、自分で戦う事に慣れていないようです。

攻撃は大振りばかりですし、私の蹴りにも反応が明らかに遅れていましたから。彼女は研究や指揮官として動くのが主であり、自身が戦う事はほとんどなかったのかもしれません。ただその戦闘経験の少なさを覆してしまう程に、彼女の頑丈さは飛び抜けています。

故に彼女は己の体に絶対の自信を持っているからこそ、こうして私と直接戦っているし、愚直とも言える攻めをするのでしょう。実際、私の攻撃が全く通じていませんし。

無駄だと口にしながらルカが再び迫ってきましたが、やはり隙だらけな突撃でしたので、私は相手の気を惹《ひ》きながらリースに合図を送ります。

するとと空の魔物たちを迎撃していた水のゴーレムが拳を振るい、側面からルカを殴り飛ばし地面へと叩き落としました。

『どう？　言われた通り全力で殴ったけど……』

「……駄目なようですね」

リースが生み出したゴーレムの一撃は、その大きさから私たちの中で相当な破壊力があるのですが、これもまた効いていないようです。

それを証明するかのように、姿が見えなくなる程に地中深くルカは埋まっていたのに、すぐに飛び出して私の前に戻ってきたのですから。

「どうやら数が足りなかったようね。だからもっと呼んであげる！」

『また来た！　こうなったら全部やってやるんだから！』

再びルカの肉体の魔法陣が輝き、更に多くの魔物が彼女の周辺に集まり始めたので、リースのゴーレムが前に出ました。

形を自在に変えられる水の特性を生かして腕を無数の鞭《むち》に変えて魔物を叩いたり、大きく広がって魔物を水の中に取り込んで窒息させたりと、変幻自在の動きで現れる魔物を次々と対処しています。

しかし魔物の数があまりにも多く、先程のような援護を期待するのは無理そうです。

「ほら、放っておいていいの？　あんな規模のゴーレムを動かしていたら、すぐに魔力が尽きるわよ」

「リースはそんな柔な女性ではありませんよ」

呼び寄せた魔物をゴーレムへ向かわせた後、ルカは再び私に迫って殴りかかってきました。相変わらず拳による力任せの連打ですが、動きや速度が更に増しているせいもあり、全て避けきれずナイフで防がなければならない程です。

もちろんただ防ぐだけではナイフごと私が壊されてしまう威力なので、刃を寝かせて絶妙な力加減と体の動きで受け流したりと、かなり神経を使う作業を必要とされました。

それでも集中力を維持し続け、相手の攻撃を捌《さば》きながら蹴りや風の刃を何度もぶつけましたが、やはり効果はなさそうです。

「何度やっても無駄よ無駄！　そろそろ力不足を認めたらどうなの？」

長期戦は不利で、私たちの攻撃は通じない。

もう完全に追い込まれつつある状況ですが、諦めるのにはまだ早い。

私はリースのように強力な魔法は使えませんし、フィアさんのように風の魔法は強くはありませんが、シリウス様から教わったものが沢山あります。

あの御方《おかた》の背中を誰よりも見てきて、その経験を己の糧にしてきたのです。

それらを全て使い、勝利に必要な術《すべ》を模索した結果……か細いながらも彼女を倒す道筋が見えたのですが、まだその時ではありません。

だからその時に備え、私は効果が薄いと知りつつもルカへの攻めを緩める事はしませんでした。

――ルカ――


この銀狼《ぎんろう》の娘……何を考えているのかしら？

私の肉体に唯一傷をつけられそうだった剛剣を先に行かせるどころか、たった一人で挑んでくるなんて信じられない。

足止めに徹するのであればその選択も理解は出来るけど、この銀狼娘の目はそうじゃないとはっきり告げている。

あれは……私を倒そうとする戦士の目だ。

でも私と戦うには明らかに力不足。そこら辺の雑魚よりは優秀かもしれないけど、ラムダ様からいただいた肉体に魂を宿す私を相手するには色々と足りない。

それでも相手の抵抗は止まらず、すでに十回近く魔法で吹き飛ばされたりはしたけど、いい加減慣れてきた私は魔法を受けながらも銀狼娘の腕を摑《つか》む事が出来た。

「ようやく捕まえー……」

「まだですっ！」

そのまま腕を握り潰してやろうかと思ったのに、銀狼娘が咄嗟《とっさ》に放った魔法によって私の腕は強引に引き剝がされ、更に放たれた魔法で私はまたもや吹き飛ばされていた。

何やら無数の風の礫を受けた私の体に痛みはないけど、銀狼娘の方は私の爪を引っ掛けてしまったのか、血が流れて地上へと零《こぼ》れ落ち始めた。

かなり肉を抉《えぐ》られ、戦闘に支障が出る程の怪我だが……。

「ふぅ……ありがとう、リース。ええ、まだいけます！」

近くで戦う水のゴーレムがすぐさま触手を伸ばし、傷口を水で覆って銀狼娘の傷を回復させてしまう。

あの水のゴーレム、私がけしかけた雑魚処理の合間を縫って銀狼娘の援護をしたり、こちらが魔法を放てば銀狼娘を体内に取り込んで守ったりと、本当に厄介な存在だ。

だが私にとってはゴーレムよりも、この銀狼娘の方が脅威に思えて仕方がない。

戦況を冷静に見据え、臨機応変に部隊を動かす指揮官として優れる者が単身で挑んでくるという事は、私を倒す術を持っているという可能性が高いからだ。

「いい加減、勝負に出たらどう？　貴方《あなた》の動きにも慣れてきたし、何とかしないと本気で死ぬわよ」

「いいえ、ここからです！」

策を講じる前に仕留めたくとも、戦闘経験は相手の方が上なせいか異様に粘られてしまい、長期戦になっているのが現状だ。

でも、長期戦ならこちらも望むところ。戦いが長引く程に銀狼娘の方が不利になっていくので焦る必要もない。

剛剣も優先して倒すべきだが、この銀狼娘は確実に仕留めておくべきだと判断した私は、挑発を織り交ぜつつじっくりと銀狼娘を追い込んでいく。

合間に呼び寄せた雑魚をゴーレムへ向かわせ、そろそろ数えるのが面倒なくらい受けた銀狼娘の魔法だが、ここで小さな変化が起こっている事に私は気付いた。

「威力が……上がっている？」

この銀狼娘が放つ風の魔法は大きく別《わ》けて二種類。

数や大きさは疎《まば》らだが、濃縮させた風で衝撃を与える風の玉と、岩も切れるであろう風の刃だ。

どちらも私の体には傷一つ与えられなかったのに、先程から風の刃で皮膚に僅かな痣《あざ》が残るようになり、衝撃に慣れてきた筈《はず》の私が再び吹き飛ばされ始めたのだ。

威力が向上している……いや、洗練されてきたと言った方が正しいかもしれない。

戦いながら分析してみたところ、どうも銀狼娘が使う魔法は何らかの力を借りているように感じた。

戦闘経験は豊富でも、どこか有り余る力を使いこなせていないという変な部分を感じていたのに、次第にそれが薄れている。こんな状況で成長するなんて中々なものね。

でも、成長するのは貴方だけじゃない。

「ふふ、貴方の動きが見えてきたし、先も絞れてもきたわ。もう二、三回くらいかしら？」

「くっ……」

銀狼娘のように軽々と動けるわけじゃないけど、観察に関してラムダ様以外に負けるつもりはない。

相手の肉体や動きの癖をこれだけ間近で観察し続けていれば、避ける方向の先読みも難しくはない。

もちろん失敗して反撃を何度も食らっているが、気にせず銀狼娘の避ける方向……つまり逃げ道を一つ一つ潰していく。

このまま続けて行けば、わかってはいても避けられないように追い込んで一気に仕留められるし、あるいは途中で力尽きて自滅するでしょう。

それともう一つ、私はこの銀狼娘の狙いに見当がついていた。

先程から果敢に攻め続けるこの銀狼娘の攻撃は全て囮《おとり》だろう。

もしこの銀狼娘が必殺の一撃を持っているのであれば、すでに使っている筈。長期戦は不利だと理解しているだろうし、こちらの油断を誘うにしてもここまで追い込まれて何もしないのは愚策もいいところ。

そして魔法で何度も私を吹き飛ばすのは、距離を取る為《ため》ではなく私を一定の場所へ移動させ、自身を囮にして外からの不意打ちを狙っているのだ。

適当に移動させているように見えるが、右翼から中央側へと移動させられている点からして……剛剣の線はないか。

「ゴーレムがまだ寂しそうね。もっとお友達と遊ばせてあげる」

「リース、堪えてください！」

念の為、水のゴーレムへ雑魚を更に押し付けて動きを少しでも封じておく。

さて、他に私の防御を突破出来る者がいるとすれば、中央部隊にいるサンドールの爺将《じじい》軍と、左翼にいる剣馬鹿の姫と銀狼男くらいだろうが、一人だけどこにいようと攻撃可能な存在がいる。

「あれの位置は……左翼側か」

この銀狼娘の主《あるじ》は、矢や魔法ですら届かない位置の中竜種を容易《たやす》く貫く魔法を放つ。故に連携による不意打ちがあるとすれば、あの男の可能性が一番高い。

そして銀狼娘の動きと呼吸の乱れから限界が近いようなので、仕掛けるのならそろそろの筈だ。

決してその瞬間を逃さぬよう、銀狼娘だけでなく周囲に気を配りながら攻め続けていると、これまでで最も凄《すさ》まじい衝撃が私の胸部を襲い、大きく中央側へと吹っ飛ばされた。

「行きますよ、リース！」

それと同時に、銀狼娘は右手に握ったナイフに魔力を込めながら一気に迫ってきた。刀身が伸びて見える程に魔力が圧縮されたナイフと銀狼娘の気迫は本当に凄まじく、囮どころか己の攻撃で仕留めんとする決死の一撃を感じさせる。更に魔物への対処で精一杯な筈のゴーレムも、銀狼娘の声で何か怪しい動きを見せていた。

ふん……何を考えているか知らないけど、その決死の一撃を正面から堂々と粉砕してくれる！

「私がその程度でっ！」

魔力を集中させて更に硬さを増した右腕で、銀狼娘が振るってきたナイフを正面から殴りつけた。

拳とナイフがぶつかったとは思えない鈍い音が響き渡るが、結果的に私の右拳は痣が出来る程度で済んだ。

一方、ナイフは刀身が粉々に砕け散って銀狼娘は悔し気な表情を浮かべているが、その目はまだ死んでいない。相手は不安定な体勢ながらも反対の手をこちらへ向け、風の礫《つぶて》を私の顔面へ放ちながら叫んでいた。

「シリウス様！」

やはり本命はそちらか。

奴《やつ》の位置的に、狙われるとすれば私の背後からだろう。

銀狼娘もまだ攻めの手を緩めるつもりはないし、前後から同時に攻められては堪《たま》ったものではないが、すでに予想はしていたので対策はすでに考えてある。

「全てにおいて甘いのよ！」

ラムダ様からいただいたこの肉体は、あの御方の長年の研究によって生まれた知識の結晶でもある。

竜をも超える頑丈さと即座に再生する鱗《うろこ》。そして常人には到底理解出来ない程に進化したこの肉体には、ラムダ様の意向によって背中に第三の目と魔力を感知する特殊な器官が組み込まれていた。

普段は必要ないので使ってはいないが、まさかこのような時に役立つとは。あの御方の慧眼《けいがん》は本当に素晴らしい。

ああ、どうせなら限界まで引き付けてから避けて、この銀狼娘に当てるのも一興かもしれないわね。

主の攻撃で死ねるなら本望だろうと、思わず笑みが浮かぶが……。


「……ん？」


背後からの攻撃が……来ない？

まさか先程の声は引っ掛け。それとも時間差？

どうやら予想が外れてしまったみたいだけど、それならそれで目の前の銀狼娘を仕留めればいい。もちろん背後にも気を配りながら。

だがほんの僅かだけ背中へ意識を向けていた間に、銀狼娘は私の視界から消えて……いや、地上へと落下し始めていた。

ふふ、最早《もはや》空を飛ぶ余力さえなくなったようね。

ならば確実に止《とど》めを刺してやろうと、広範囲を薙《な》ぎ払う魔法の為に魔力を集中させ始めたのだが、不意打ちを気にしていたせいかそれが間違いだと気づくのに遅れてしまった。

いつの間にか別のナイフを手にした銀狼娘の目が……まだ死んでいない事に。

「ちっ！　それで虚を突いたつもり！」

そして銀狼娘は、まるで空中を蹴ったかのような勢いで真下から再び私に迫ってきた。

準備中の魔法では間に合わないと魔力の集中を中断したせいで対応が遅れたが、先程の加速に比べたら遅い。迎撃はまだ間に合うと右腕を振るうが、突如横から伸びてきた水の鞭《むち》が私の右腕を叩《たた》いたのである。ゴーレムめ、群がる雑魚を隠れ蓑《かくみの》に触手を伸ばしていたか！

痛みはないが勢いを完全に殺されてしまったので、咄嗟に反対の腕で魔法を放とうとするが、その頃にはすでに銀狼娘は目の前に迫っていた。

一陣の風が私の目の前を通り過ぎ、こちらより高く飛び上がった銀狼娘はナイフを一閃《いっせん》させた体勢のままこちらを見下ろす。

懐に飛び込まれたのは誤算だったけど、予備のナイフ程度で私の肉体が——……。

「さすがにこの牙は防げなかったようですね」

「……牙？」

意味が理解出来なかった言葉を思わず呟《つぶや》いたその時、これまで全ての攻撃を弾《はじ》いていた胸元が切り裂かれ、私はこの戦場で初めて血を流した。

刀身の短いナイフなので致命傷に至る傷ではないが、傷口を見ている内に私の感情が急激に乱れ……魂が叫ぶ。

よくも……よくも……ラムダ様から授かった肉体を……ユルサナイ！

「この……小娘がああああぁぁぁぁぁ――――――っ！」

もう八つ裂きにするだけじゃ気が済まない！

傷口から血が噴き出すのも構わず、私は追撃しようと上からナイフを突き出そうとする小娘目掛け両腕を向けた。

「跡形もなく消滅させてやる！」

怒りと共に己の全魔力を解き放とうとしたその瞬間……突如胸元に衝撃が走った。

すると溶岩のような怒りが急激に冷め、己でも不思議なくらいゆっくりと視線を下げてみれば、私の胸元に一本の矢が深々と刺さっていたのである。

「……狙い通り着弾です。お見事です、フィアさん」

「ぐ……こんな……こんなちっぽけな矢で私が……」

私の体は……ラムダ様の……結晶で……たかが矢の一本で……。

「いえ、もう終わりです。それと少々遠いので、その矢を放ったフィアさんの言葉を代わりにお伝えします」

何で……抜けない……まるで……大木……。

「その矢は貴方《あなた》たちが辱め、尊厳すら奪ったエルフからだそうです。存分に味わってください」

――エミリア――

フィアさんからの言葉をお伝えはしましたが、当のルカはそれどころではないらしく、深々と刺さった胸の矢を必死に抜こうとしていました。

しかし彼女がどれほど力を込めようと、矢は抜けるどころか微動だにしません。

何故《なぜ》ならあの矢はルカの魔力を吸収して一気に根を伸ばし、力を奪いながら矢自体を肉体に固定しているのですから。

これが浅く刺さっていたのなら肉ごと引き千切るようにして矢は抜けたかもしれませんが、傷口から深々と刺さり根を張った状態となればもう抜くのは不可能でしょう。小さくともあれは聖樹様の一部ですから、本人からすれば体から大木が生えているかのように感じているかもしれません。

しばらくルカの悪足掻《わるあが》きは続きましたが、遂《つい》には飛ぶ力も維持出来ず落下し始めたので、私も彼女を追うように地上へと下りました。

しかし疲労が限界を越えていたのか、私は地面に着地するなりふらついて膝から崩れ落ちたのです。

「くっ!?　はぁ……ふぅ……」

『大丈夫!?　まだ治っていない怪我《けが》があったの？』

「いえ、ちょっと疲れただけです。ゆっくり休めば平気ですよ」

途中で負った傷はリースがすぐに治してくれましたが、失った血と体力は時間が経《た》たないと回復しませんので、体が重たくて仕方がありません。

それに重たいだけでなく、体中の至る箇所が悲鳴を上げているかのように痛い。

フィアさんを通して精霊の力を借りる事は出来ても、その力があまりにも強過ぎるので、ただ力を振るっていると私の体が壊れそうになるのです。もし全力で精霊の力を使っていたら、全身から血を噴き出しながら死んでいたかもしれません。

故に戦闘中は力の調整にも気を配る必要があり、その集中力が切れる前に終える事が出来ましたが、やはり肉体は耐え切れなかったようですね。

『でも本当に無茶をし過ぎだよ。せめて水の精霊だったら、ナイアに頼んで負担がもっと減らせたと思うのに』

「仕方がありません。私の適性は風ですから」

精霊の姿が見えて会話も出来るリースとフィアさんの場合、魔法による負担は精霊がほとんど受け持ってくれるそうですが、他人である私にそういう気遣いはありません。

それでも私が五体満足でいられたのは、フィアさんがしっかりと精霊に言い聞かせてくれた御蔭《おかげ》でもあります。

そんなフィアさんだけでなく、リースも頑張ってくれたから私は勝つことが出来た。本陣で怪我人の治療をしながらも、ここまで私を援護し続けてくれたリースには感謝してもしきれません。

「私より無茶をしているのはリースの方ですよ。相手は完全に沈黙しましたから、もうゴーレムを下げてください」

『でもまだ魔物が……』

「もう十分です。守ってくれて、ありがとう」

『……わかった。何かあったら、すぐに呼んでね』

声は元気そうでも、彼女もまた限界が近かったのでしょう。

ルカが呼んだ魔物を粗方片付けたゴーレムは私への激励と共に崩れ、水はあっという間に地面に沁《し》み込んで消えました。

「後は、ルカですね」

あの矢が刺さった時点で勝負は決しましたが、己の分身を作るようなラムダの仲間であるので油断は出来ません。彼女は最後まで見届けるべきだと思い、私は最早動かなくなった彼女の下へ向かいました。

しかし相手まで数歩の距離だというのに、意識が朦朧《もうろう》とするせいか何度も立ち止まる事になって中々辿《たど》り着けません。

身に余る力を使ったのもありますが、一番の理由は頭を使い過ぎたせいでしょう。

「ふう……まだあの御方《おかた》のようにはいかないみたいです」

シリウス様から教えていただき、密《ひそ》かに訓練を重ねて使えるようになった技……

『並列思考《マルチタスク》』。

同時に複数の物事を思考するという、皆さんと違って飛び抜けた力を持たない私にとっては非常に有難い技でした。

ですが、未熟な私では反動が大きく、傷もないのに鼻血が出たり、練習で気絶してしまった事が何度もあります。

戦闘で使うには早いのは承知でしたが、ルカを相手にするには先を常に見据え、空を飛ぶ事に集中しながら戦う必要があったので使わざるを得ませんでした。

「前世という世界で、シリウス様はどれ程の経験を重ねてきたのでしょうか？」

私はまだ最大で三つが限界ですが、シリウス様は四つの物事を同時に考えながらも疲れを全く見せません。

戦いだけでなく従者としても利用価値は高いので、いつか私もそこに至ると誓いながらようやくルカの目の前まできた私は、仰向《あおむ》けのまま茫然《ぼうぜん》と空を見る彼女へと話し掛けました。

「もう抵抗はしないのですか？」

「……無理よ。わかっているでしょ」

すでに達観した様子なのは、賢い故にもう無駄であると悟ったからでしょうか？

魔力を凄《すさ》まじい勢いで吸って成長し、矢から伸び始めた枝にルカの体が徐々に覆われていく中、不意に彼女が悔しそうに呟きました。

「情けない。私がここまで……欺かれる……なんて」

「はい、苦労しました。貴方は本当に手強《てごわ》かったです」

上級魔法でさえ傷一つ付かない肉体を持つだけでなく、単体で空を飛べるので相手をする者も限定されてしまうのですから。

更に彼女は観察能力が高く、適当な作戦ではすぐに見破られそうでした。かといって下手に追い込んでしまえば、己の頑丈さを利用して強引に押し切られてしまう可能性もあったので、不意の一撃で確実に仕留める必要があったのです。

その為《ため》に私は現状で持てる術《すべ》を総動員し、幾重にも張り巡らせた罠《わな》を張りました。

「そのナイフ……一体何よ？　私の体を切るなんて……」

「竜族の長からいただいた牙です。これが通じなければ、シリウス様の力を借りる他ありませんでした」

まず私が囮《おとり》で外部からの不意打ちが狙いだと匂わせ、更にアスラード様の牙で作られたナイフによる私の攻撃が本命だと思わせてから、外から不意打ち……と、簡単に言えば裏の裏を突いたのです。

最初からこのナイフで戦う手もありましたが、人の身を捨てたラムダの仲間であるなら ば心臓や頭が弱点とは限りませんので、意表を突く為の武器として隠す事を選びました。

急に敵の攻撃が通じたとなれば僅かでも動揺はするものですし。

もちろんシリウス様の援護も視野に入れてはいましたが、それは本当の意味での最終手段でした。それに戦場を駆け回ってお忙しいシリウス様の手を簡単に借りるわけにはいきませんので。

そうしてゆっくりと前進を続ける中央の部隊……つまりフィアさんの弓の射程範囲に入るまで攻撃を凌《しの》ぎ、シリウス様の不意打ちを思わせる位置にルカを吹き飛ばしたりと苦労はしましたが、上手《うま》く事が進んで本当に良かったです。

しかし勝利したとはいえ、今は素直に喜べる状況ではありません。

そんな複雑な表情を浮かべる私を見たルカは、怒りを堪《こら》えるような声で語り掛けてきました。

「ふん。この私に勝ったくせに……なんて顔をしているのよ。最後まで……ふざけた小娘ね」

「それは、もっと怒りをぶつけられると思っていましたので」

「ええ、貴方が憎いわ。でもそれ以上に……ラムダ様のお役に立てない事が……悔しい。せめて……あの御方の盾となって……死にたかった」

「主《あるじ》に助けを求めないのですか？」

「来るわけ……ない。私はラムダ様の道具……だもの」

貴方はそれでいいのかと思いはしましたが、私はその言葉を口にはしませんでした。主からどのように思われようと、慕う御方の役に立てる喜びは私もよくわかりますから。

私は、ルカの生い立ちは詳しく知りません。

ですが彼女はラムダによって命を救われ、主と慕うようになったとは聞きました。

主への忠誠心も含め、私たちはどこか似た者同士だとは思っていますが、別に仲良くなりたいとまでは考えていません。シリウス様にとって明確な敵ですし、そもそも彼女がラムダとやってきた所業は簡単に許される事ではないでしょう。

そんな彼女との決着を、ライオルお爺《じい》ちゃんから譲ってもらってまで私たちの手で付けたかったのは、戦況や相性の意味もありますが、実は私の個人的な理由もあったのです。

「道具……ですか。貴方はそうして、主のやる事を何一つ疑わず手伝ってきたのですね」

「当たり前よ。それが……私の全て……」

かつてシリウス様はこのような事を口にしました。

主の命令に疑問は一切抱かず。命令の為には道理もなく。そして主の為ならば、道具のように己の命を平然と捨てられる相手は本当に厄介で手強い……と。

そんな存在が、目の前にいるルカだと思います。

実際、彼女は死よりもラムダの命令を守れない事を恐れ、心から悔しがっていました。

命を軽んじていると思う者もいらっしゃるでしょうが、それはある意味理想の主従関係とも言えます。

だって、主の為に全てを賭して尽くすのが従者なのですから。

ですが……シリウス様は従者になった私をそのように育てる事はしませんでした。

銀月の下で身も心も捧《ささ》げる誓いを立てたというのに、道具ではなく家族として私たちを育ててくださいました。

だからこそ、私はルカと戦いたかったのです。

理想の主従関係に近いルカに勝つ事で、シリウス様の育て方はそれ以上に素晴らしく、そしてあの御方の優しさと思いやりが甘さではないと示したかったのです。

ただの我儘《わがまま》であるのは十分承知していますが、この意思だけはどうしても貫きたかった。

「お気持ちはわかりますが、もう時間のようですね。その矢が、貴方がこれまで犯してきた所業だと思ってください」

「煩《うるさ》い……煩い……お前等《まえら》全員……ラムダ様に……」

「そんな事にはなりません。貴方の主が相手をしているのは、私の主であるシリウス様なのですから」

「たかが人が……ラムダ様に敵《かな》うと……あの御方は……全ての生物を……」

「シリウス様は負けませんよ」

声が掠《かす》れてほとんど聞こえませんが、私はルカを否定するように言葉を重ねました。

しかし最早《もはや》声を発する事も難しいのでしょう、目を見開きながらこちらを見上げるだけなので、私は気にせず話を続けます。

「貴方《あなた》と同じく、私も主の事を信じています。あの御方が負けるなんてあり得ません」

「……あ……」

「少し不本意でしょうが、貴方の最後は私が看取《みと》りましょう。やはり一人で逝くのは、辛《つら》いと思いますから」

「…………」

生意気……と、ルカの口が動いたのを最後に、聖樹様の枝が彼女の肉体を完全に覆い尽くしました。

今度こそ……終わりですね。

それにしても、不思議な気分です。

敵なのにどこか自分と似ている部分があるせいか、私はルカを完全に憎み切れませんでした。それにラムダと一緒にいたからこそ、彼女はこんな風になったとも言えますから。

これまで彼女が行ってきた罪は消えません。ですが、ルカの事を忘れずにいようと心に刻みながら、私は彼女に背を向けました。

私がルカと戦っている間に、お爺ちゃんや部隊の人たちが彼女直属の配下たちを倒したのでしょう。まだ周辺に数多く残っている魔物たちの動きに変化が見られていました。

勝手に動いて陣形が崩れている箇所や、急に魔物同士で捕食を始める光景が見られたので、ルカの支配下から外れたのだと思います。

しかし敵陣の更に奥は以前と変わらぬ様子だったので、その辺りがラムダの指示が届く境界線なのでしょう。

とにかく主力の一人であるルカを倒したので、多少は戦況を変える事が出来たと思うのですが……。

「やはりラムダを倒さなければ、安心出来そうにないですね」

そもそも敵の規模が大き過ぎるので、全体への影響はすぐには現れないようですね。

更に私自身もあまり良い状況ではありません。周辺の魔物はリースが去り際に粗方片付けてくれたのですが、敵陣の中で孤立している事には変わりませんから。

そろそろ空白地帯となったここに魔物が集まり始めるのですぐに移動するべきでしょうが、予想以上に私は消耗してしまったので一度中央部隊と合流するべきかもしれません。

「無事に辿り着ければの話……ですが」

会話をしている間に少しだけ体は休めましたが、戦闘をするにはまだ厳しく、このような状態で魔物の群れを突破するのは不可能に近いでしょう。

ですが、あれだけ部隊の皆さんに大口を叩《たた》いておきながら、戻る途中でやられたなんて情けないにも程があります。

大きく深呼吸をし、体力と魔力の残りと手持ちの道具の確認をしていると、側面から魔物たちが凄まじい勢いで私へと迫ってきました。

弱っている獲物を本能的に狙う種なのでしょう。悪態を吐《つ》きたくなるのを堪えながらナイフを構えたその時……迫ってくる魔物たちが後方から次々と吹き飛ばされたかと思えば、大勢の兵士たちが私に向かって雪崩れ込んできたのです。

「おお、いたぞ！」

「後続は左右に展開！　円陣だ！」

「その数人！　ついて来い」

現れたのは、先程まで私と一緒に戦っていた右翼の方々でした。

お爺ちゃんの気が変わって戻ってきたのかと思いましたが、その姿が見当たらないので首を傾《かし》げていると、各部隊長の方々が数人のお供を連れて私の前にやってきました。

「よかった。お主が無事で何よりだ」

「はい。救援、感謝します。それより皆さんはどうしてこちらに？　それにお爺ちゃんが見当たらないのですが……」

「ライオル殿は部隊を連れて左翼側へ進軍中だ。そして我々はエミリア殿を迎えに来たのだよ」

「向こうが片付いたら、後は我々の判断で動くと言っただろう？」

確かにそのような事を口にしていましたが、まさか部隊の人手を割いてまで戻ってきてくれるとは思っていませんでした。

話によると、奥の魔物を倒した後で右翼の部隊を半分に別《わ》け、引き続き攻める組と私を救出する組に別けたそうです。

とても嬉《うれ》しいのですが、申し訳ないとも思っている私の様子を察したのでしょう。一人の部隊長が気にするなと言わんばかりに笑い声をあげました。

「ははは！　気にする必要はない。エミリア殿の御蔭《おかげ》で、我々は大きな犠牲もなく右翼の主力を潰せたのだ。もっと自分を誇るといい」

「私も同感だ。それでルカはどこに？　遠目であるが、あの女が落下していく姿を見た者がいるそうだが」

「彼女でしたら、あちらに……」

私が視線を向けた先にある枝の塊がルカであると告げましたが、皆どういう事だと言わんばかりの表情をしていました。

詳しく話すと長くなりそうなので、傷口に特殊な魔道具を植え込んだと簡単に説明しました。それもどうかと思う内容ですが、私たちの事を知っているせいかある程度は納得してくれたようです。

「うーむ……お主たちは我々の想像もつかない事を平然とやっているからな。とにかくルカを倒したというのは間違いないだろう」

「ああ。何より姿が見えぬし、魔物たちも様子が明らかに変わっている。これで右翼側を指揮する者はいないようだ」

「エミリア殿も確保したし、次へ行くとしよう。エミリア殿、動けますか？」

「いえ、お恥ずかしい限りですが、まだ走るのは厳しいです」

「それだけ激戦だった証拠か。なら足はこちらで用意をしよう」

そう言いながら現れたのは、馬に乗った女性の兵士でした。

状況も状況なので甘えさせてもらう事にし、彼女が笑顔で伸ばしてきた手を借りて相乗りした後、円陣を解いて突撃の陣形へ変えようとする前に部隊長さんの一人が話し掛けてきました。

「我々は剛剣殿の後を追うが、その前に中央の部隊と合流する予定だ。そこでなら落ち着いて休めると思うから、もう少しだけ我慢してくれ」

「皆さんの消耗はそれだけ激しかったのでしょうか?」

「そこまでではないが、エミリア殿に万が一が起こっては困るだろう」

「いいえ、皆さんが大丈夫であれば、私の事を気にせずこのままお爺ちゃんの下へ向かってください。馬上でも少し休めば、私も足を引っ張らない程度には回復しますので」

「無理はしない方がいい。お主はもう十分に活躍している」

「うむ。我々の攻撃で傷一つ付かなかった強敵を倒したのだ。下がったところで咎《とが》める者など誰もいないさ」

少し休んでも強敵を相手にする余力はありませんので、これ以上戦闘に参加するべきではないのは私自身も理解しています。

ですが、どうしても左翼側が……レウスたちの事が気掛かりでした。

あの子たちが強いのは十分知ってはいますが、戦闘要員ではないルカでさえあれ程の強敵だったのです。ラムダはわかりませんが、己の肉体のみで戦ってきたと言うヒルガンの実力はルカより上で間違いないでしょう。

お爺ちゃんを向かわせたので安心かもしれませんが、途中でラムダに絡まれて足止めされる可能性もありますので、出来る限り早くお爺ちゃんと合流したいところです。

「ですが、お爺ちゃんが見当違いの方向へ進んでいる可能性もあるのです。部隊の動きについて口を出すつもりはないので、どうかお願いします」

「……わかった、一緒に行くとしよう。だが部隊について口を噤《つぐ》む必要はあるまい。何か気付いたら遠慮なく言ってくれ」

「そうだな。今度は我々が活躍する番だろう。お主は必ず守ってみせるから、安心してついてくるがいい」

「はい！　よろしくお願いします」

了承をもらえて一安心ですが、本音を言えば……シリウス様の下へ真っ先に向かいたい。ですが、今のあの御方《おかた》は一人の戦士へと戻り、大戦を勝利へと導く為《ため》に戦い続けているのです。

故に私があの御方の代わりに、皆で生き残る道を考えなければなりません。

「シリウス様、どうかご武運を。それとレウス。私の前に無様な姿を見せたら承知しませんからね」

そしてこちらに気を使い、なるべく負担を減らすように馬を走らせてくれている女性の兵士に感謝をしながら、私は次へ備える為に目を閉じて休むのでした。

《極限一刀》

――アルベリオ（左翼部隊）――


左翼の突撃は順調そのものだった。

先頭を走るレウスとジュリア様の突破力に、二人を補佐するキース。そしてジュリア様の足手纏《あしでまと》いにならぬよう、己を鍛え抜いた歴戦の兵士たちの力と士気の高さにより、私たち左翼は敵陣の奥深くに入りながらも怪我人《けがにん》や奪略者は圧倒的に少なかった。

だが……たった一人の男とぶつかった事により、私たちの足は完全に止められてしまい、敵味方入り乱れる乱戦状態になっていたのである。

「どうしたどうしたどうしたぁ！　そんだけ数を揃《そろ》えながら、俺様の剣の前に手も足も出ねえってか？」

敵陣の奥深くにはレウスたちから聞いたヒルガンという男が立っており、レウスとジュリア様、そしてキースの三人が馬から下りて戦い始めたのだが、その実力は私たちの想像を遥《はる》かに超えていた。

左翼を代表する三人が同時に攻めているというのに、相手は軽口を叩く余裕すら見せているのだから。

「くっ、相変わらず煩《うる》せえ奴《やつ》だな！」

「全くだ。剣士の誇りすらない者に剣について言われたくない！」

「お前等《まえら》、喋《しゃべ》ってないで手を動かせ！」

「はっはぁ！　雑魚が吠《ほ》えてやがんなぁ！」

ヒルガンはレウスよりも大きい人族とは聞いていたが、今の姿は最早《もはや》魔物か化物と呼ぶに相応《ふさわ》しい姿であった。

身長は私より二回り大きい程度だが、全身の筋肉があり得ない程に膨れ上がっており、更に腕に至っては全部で六本もあった。だというのに頭部だけは私たちと同じ大きさなので、全体の釣り合いが全く取れていない。一言で表すなら、六本腕のオーガに人の頭を無理矢理くっ付けた感じである。

魔物だとしてもこんな姿をした存在は本にも載っていないと思うのだが、この姿に私は見覚えがあった。

そうだ、一年以上前、魔物の大群を率いて私の故郷を襲い、レウスによって倒された合成魔獣《キメラ》と似ている。

師匠曰《いわ》く、合成魔獣《キメラ》を作ったのはラムダたちであり、私の故郷を襲ったのは実験の為だったらしいので、あのヒルガンは合成魔獣《キメラ》の完成形という可能性が高い。

その予想を裏付けるように戦闘能力は凄《すさ》まじく高く、巨体に見合わぬ俊敏さだけでなく、手にする巨大な剣……いや、最早鈍器とも言える六本の鉄塊を軽々と振り回しており、レウスたちの猛攻を易々《やすやす》と受け止めているのだ。

「ば、馬鹿な!?　重装鎧《よろい》をも斬り裂くジュリア様の剣を弾《はじ》くだと!?」

「キース様の力でも折れないとは……」

「当たり前だろうが、ぎゃはは！」

戦いが始まる前に本人が自慢気に語っていたが、ヒルガンが持つあの鉄塊は魔大陸で採掘された特殊な鉱石で作られているらしく、レウスたちの武器に使われている素材よりも硬いらしい。

俄《にわ》かには信じられない話でもあるが、実際に三人の攻撃を受け続けてもヒルガンの武器は傷付くどころか凹《へこ》みもしないので、頑丈であるのは間違いないだろう。

そんな武器を六本の腕で振るうヒルガンに対し、レウスたちは連携によって凌《しの》いでいるという状況がしばらく続いていた。

「ええい、もう見てられん！　我々も加勢するぞ！」

「おお！　我々の力が届かずとも、あの御方の盾くらいにはなれる！」

「待ってください！　下手に介入するのは危険です！」

三人に手出し無用と言われ、周囲の魔物を相手にしていたジュリア親衛隊と兵士たちだが、遂《つい》に我慢出来ず戦闘に加わろうとしたので私は全力で止めた。

相手がどれだけ強敵だろうと、数で攻めればいつかは討ち取れるとは思う。だがその為には多大な犠牲を払う事になり、ただでさえ全体の数が劣る我々にとっては致命的である。

それに何より、奴は見た事のない剣術を使っていた。

そもそも六本も使う流派なんて知らないが、同時に剣を六本も扱いながらも、そのどれもが干渉もせず自在に動かせるのは相応の技術を持っているわけだ。

故に、奴と戦うにはレウスたちと同程度の実力がなければ逆に足を引っ張りかねない。

飛び道具や魔法で援護しようにも、近距離でぶつかり合っていては誤射してしまう可能性もあるので、我々の出来る事は少なかった。

「私たちが下手に介入すれば、彼等の連携を邪魔する事になりかねません。今は堪えましょう」

「「「くっ……」」」

今の私たちに出来る事と言えば、レウスたちの邪魔にならないように距離を取り、周囲の魔物を倒して戦いに専念させる事だろう。それでも、必ず私たちが手助け出来る場面が来る筈《はず》だ。その時に備え、彼等の行動に目を光らせておかないと。

その後も部隊全体の状況だけでなく、ヒルガンにも目を向けながら近くの魔物へ剣を振るっていると、これで三度目となる攻勢にレウスたちは出た。

「行くぜ！　どらっしゃあああああぁぁぁ――――っ！」

「心得た！　はあああぁぁぁ――――っ！」

「おらぁ！」

攻めに転じた時は二人が六本の剣を可能な限り防ぐ事に専念し、残りの一人が懐へ飛び込み攻撃する流れである。

今回はレウスとジュリア様が六本の内の五本分を捌《さば》き、キースが最後の一本を避けながらハルバードをヒルガンの腕へと全力で振り下ろしたのだが、その刃は皮膚と少しの肉を斬り裂いたところで止まっていた。

「へへへ、獣モドキでもその程度か？　次は切れたらいいなぁ？」

「くそっ！　こいつの体、どうなっていやがる？」

「硬いのに柔らかい。何をどうすれば、あんな体が出来るのだ？」

敵の手数を減らす為にレウスとジュリア様も腕の切断に挑戦しているのだが、結果はキースと同様だった。

私の観察と、まるで山のように重なる肉塊を斬っているようだと呟《つぶや》いていたレウスの言動から推測するに、どうもヒルガンの肉体はただ硬いだけでなく、軟体生物のように衝撃を吸収して力が分散してしまうらしい。

そして当然のように傷口はすぐに塞がり、反撃もされるので同じ箇所を狙って攻撃するのも厳しかった。たとえ捨て身で間を置かず斬るにしても、奴の場合は一撃でも貰《もら》ったら致命傷だろう。

私たちの主力である彼等が苦戦している状況に、次第に左翼全体に動揺が広がり始めていたが、レウスたちが諦める様子は微塵《みじん》もなかった。

「けど、斬れないわけじゃねえ！　足りねえなら、もっと強くなるまでだ！」

「ああ！　私の剣に限界はない。次は斬る！」

「はは、気合と根性ってやつか。単純だが悪くねえ！」

強者を相手に三人の勢いは更に増し、先程以上に速く鋼を打ち合う音が響き始めた。

当たれば確実に致命傷となる一撃……それも六つも同時に振り回される暴風のような中を、全く臆す事もなく攻め続けるレウスたち。

防御し損なって服や防具を切り裂かれたり、時に傷を負って血を流しながらも果敢に攻め続ける三人の姿に、下がりかけた部隊の士気が再び盛り返し始める。

そうしてレウスたちの応酬が三十を超えたであろうその時……ジュリア様の動きに変化が見られた。

「その動きを見せ過ぎだぞ！」

「おお!?　やるじゃねえー……」

「「おりゃあああぁぁぁ――――っ！」」

相手の動きに慣れてきたのだろう。多少強引ながらもジュリア様が他の剣へ干渉するように受け流した事により、一人で四本分の剣を封じたのである。

当然その好機を逃さなかったレウスとキースは攻撃を避けつつ前へ踏み込み、ほぼ同時にヒルガンの腕へと武器を振り下ろしていた。

狙ったのは右腕の一本で、先に振り下ろされたレウスの大剣は腕の半分程で止められてしまったが、その大剣の上からキースがハルバードを叩《たた》きつける事により、遂に腕の一本を斬り落とす事に成功したのだ。

「っし！　もう一度！」

「しゃあ！　もう一本ー……」

「ああ……しゃらくせえ！」

追撃を狙う二人であるがヒルガンの反撃は早く、返す剣による薙《な》ぎ払いによってレウスたちは弾き飛ばされていた。辛うじて武器で直撃は防いだものの、衝撃を殺しきれず無傷とはいかなかったようだ。とはいえ、ようやくヒルガンにまともな一撃が入った。

腕を一本失えば手数も減り、ここから本格的な反撃だと思ったのも束《つか》の間《ま》、ヒルガンは予想外の行動に出た。

「ああくそ、あいつの言った通りなのがむかつくぜ。おい、さっさと持ってこい！」

悪態を吐《つ》いたヒルガンが誰かを呼ぶと、少し離れた場所にいた小型の魔物がヒルガンの切られた腕を拾って彼へと近づいたのである。

一体何をするのかと思ったその時、互いの切断面から細い何かが伸びて結び付き、切れた筈の腕は何事もなかったかのように動き出したのだ。傷口はすぐに塞がる時点で何となく察していたが、やはり奴もラムダと同じ再生能力を持っていたのか。

だが、驚くべき点はそれだけではない。腕を運んでくれた魔物をヒルガンが乱暴に摑《つか》んだかと思えば、その魔物を頭から食べ始めたのだ。

まるで菓子を食すように肉や骨を軽々と嚙《か》み砕き、顔どころか体中を血塗《ちまみ》れにしながらヒルガンは魔物をあっという間に食べ尽くしたのだが、それでも足りないのか更に別の魔物を呼びつけて喰《く》らっているのである。

「ぐふ……はは……やっぱ不味《まず》いなぁ。後でもっと美味《うま》いの、女がいいなぁ……」

あれだけの巨体を動かす為《ため》に消耗が激しいのは理解できるが、まさか味方である筈の魔物を捕食するとはな。この男は完全に人を捨てているらしい。

そんな気味の悪い食事を続けながらも、他の腕は油断なく身構えているので下手に攻められないのだが、レウスたちは別の理由で動けない状況にあった。

これまで激しい戦いを続けていたのもあるが、先程の一撃を強引に防いだのが致命的だったのだろう、ジュリア様とキースの武器が大きく破損してしまったのだ。

とてもヒルガンとの打ち合いに耐えられる状態ではないので、少し後方にいる物資を運ぶ部隊が慌ただしく動いていた。

「代えを持ってきてくれ！　急げ！」

「私の分もだ！　レウスはどうだ？」

「ああ、俺のは大丈夫だ。まだ行ける」

レウスの剣は剛剣ライオルが使う剣を打ったと言われる鍛冶師の手による特注品なので、奴の攻撃にも耐えられたらしい。

そして運ばれてきた予備の武器が二人の手に渡る頃にはヒルガンも食事を終えたようで、

結局は仕切り直しとなったわけだが、今の攻防で幾つか判明した事がある。

それはレウスたちの攻撃は十分通じる事と、ヒルガンが戦いの最中でも補給をしなければならない体であるという点だ。

「皆さん、奴に魔物を近づけさせないように包囲しましょう！」

「そうか！　補給を断つのだな。了解だ！」

「各隊、一旦集まって包囲陣を作るぞ！　突撃準備！」

魔物の数に私たちの前進は完全に止められていたが、今は多少の無茶はしてでも前へ出る価値はある。散らばって魔物と戦っている兵たちを集結させ、側面から回り込んでヒルガンを完全に包囲しようと駆け出す私たちだが……。

「なっ!?　と、止まれ！」

「全隊、停止！」

「止まれぬ者は側面へと逃げろ！」

やらせないとばかりに、私たちが進む先の地面から巨大な木の根が大量に生えてきたのだ。部隊長たちの素早い判断により私たちに被害はなかったものの、根は魔法や武器で薙ぎ払ってもすぐに生えてくるので、ここを突破するのは時間がかかりそうである。

レウスたちを相手にしているヒルガンが出来るとは思えないので、これはラムダの仕業かもしれない。あの男は植物に関する能力を持っていたからだ。

だが、根は壁のようになって私たちの前進を阻むだけで、こちらに攻撃は一切してこなかった。寧《むし》ろ魔物たちの方に被害が出ており、飛び出した根で串刺しにされた魔物がちらほら見られた。

「これ以上邪魔をするな……という事か？」

「何だそれは!? ええい、敵の考えがわからん。何故《なぜ》こんな半端な真似《まね》をする？」

「私の予想ですが、ヒルガンに彼等《かれら》が倒される姿を見せる為かもしれません」

ラムダの狙いは国を滅ぼす事だが、ただ滅ぼすのではなく人々に絶望を与えないと気が済まないとも言っていた。

だからこそ、こちらの主力であり御旗《みはた》でもあるジュリア様やレウスがヒルガンの手で倒される光景を見せ、私たちの心を折ろうとしているのかもしれない。ただ勝つのであれば、足止めではなくすでに私たちかレウスたちを攻撃している筈だ。

「ちっ！　切っても次々と……一旦下がるぞ！」

「強引に抜けるな！　そこの魔物と同じ目になりかねん」

「後方の魔法隊を呼べ！　炎で一気に薙ぎ払え！」

せっかくレウスたちの力になれそうだったのに、いきなり止められるとは。

これでは突破するにもかなり手間取りそうなので、やはりこの戦いはレウスたち次第のようだ。

しかし……先程の攻防で光明が見えていたレウスたちの戦いは、明らかに劣勢へと傾き始めていたのである。

「うははは！　どうしたぁ！　さっきより遅くなってきてねえか!?」

「ぐっ！　んの野郎がぁ！」

「ちっ、まだ跳ね上がるか」

「どらっしゃあああああぁぁぁぁ――――っ！」

　まだヒルガンは実力を隠していたのか攻撃の速度が上がり、レウスたちは防戦一方なのだ。相手の動きに多少慣れてきたからこそ何とか凌《しの》いでいるようだが、体中の傷は更に増え、互いに距離を取って仕切り直しとなった時には、レウスたちは肩で息をする程に疲弊していた。

　しかも限界が近づきつつあるレウスたちに対し、ヒルガンは未《いま》だに疲れを微塵も見せていない。

　それどころか呼びつけた魔物を悠々と喰らう余裕までも見せていたので、私たちは弓や魔法でその魔物たちを攻撃していたのだが、如何《いかん》せん数が多くて倒し切れないのである。

　もちろん、ヒルガンが魔物を喰らう隙を狙ってレウスたちは攻めてもいた。

　それでも残った腕による攻撃は苛烈であり、武器を破壊されないように気を使う必要もあったので、相手の腕を一、二本飛ばすのが限界だったのだ。

　しかしその腕も、レウスたちが息を整えようと一旦距離を取っている間に戻ってしまうので、ただ三人の疲労が積み重なるだけとなる。

　この状況に兵士たちの忍耐も限界を迎えており、捨て身で飛びかかろうとする者を他の者が止めようとする光景が見られ始めた頃、距離を取って次の手を話し合うレウスたちの様子が変わった。

「ぜぇ……ぜぇ……おい、次は？」

「はぁ……すでに……一通りは……試したが……」

「ふぅ……なあ、少し頼みたい事があるんだけど、いいか？」

疲れていても闘志は衰えておらず、炎のように燃え続ける目を相手へ向けるレウスがそう口にするが、こんな状況で何を頼むというのだろうか？

私と同意見なのかキースも不思議そうな表情を浮かべる中、ジュリア様だけはいつもの笑みを浮かべながら即座に答えていた。

「承知した。私は何をすればいい？」

「早いな!?　まだ何をするかも聞いちゃいないぜ？」

「実に悔しいが、今の私では奴《やつ》を確実には斬れん。そして私たちの中で奴を斬れる可能性が一番高いのは、剛剣殿に最も近き剣士であるレウスしかいないからな」

「……そうか！　前線基地で見せた、あのでかい魔物を斬った技か！」

山のように巨大な魔物、ギガティエントを一太刀で真っ二つにした『剛破一刀』。

もっと早くその技を試していればとは思うが、ヒルガンの攻撃が苛烈で放つ隙もないし、何よりあれは相当な魔力を消耗する上に大振りの一撃なので避けられる可能性もあって使わなかったのだろう。

だがここまで追い込まれていれば迷っている場合ではない。キースもまた納得するように頷《うなず》いたところで、レウスは構えていた大剣の切っ先だけを地面へ下ろしながら二人へと依頼した。

「この技なら、あいつを確実に斬れると思う。でもさ、少しだけ深く集中する必要があるんだ。だから二人であいつを……」

「ああ。押さえてみせよう。レウスには指一本触れさせせぬ」

「ったく、二人でやっとなのにふざけてんじゃねえぞ。まあ、やるしかねえんだけどな！」

二人の頼もしい台詞《せりふ》に笑みを浮かべたレウスは、ほんの一瞬だけ私に視線を向けてから目を閉じた。

そしてレウスを守る為に数歩前に出たジュリア様とキースは、すでに補給を終えて不敵に笑うヒルガンの前に立つ。

「何だぁ？　何か企《たくら》んでやがるようだな」

「さて……な。我々は貴様を斬る為に最適な行動をしているだけだ」

「お前の相手は俺と姫さんだけで十分だ。もっと魔物を食って、備えておいた方がいいんじゃねえか？」

「おうおう、随分と強気じゃねえか。ならお前等を倒した後であの野郎を……なんて言うと思ったか、馬鹿共がよぉ！　てめえ等、あれを狙え！」

会話での時間稼ぎも見破られたのか、ヒルガンは二人に迫るだけでなく、周囲の魔物に呼び掛けてレウスを襲えと命じていたのである。

己の力に酔っているわりには冷静……いや、奴の場合は相手が嫌がる事を選んでいるのかもしれないが、そんな事を考えている場合ではない！

「レウスを守れっ！」

「はっ!? 誰でもいい、レウス殿の間に入るのだ！ 何かあればすぐに飛び出せ！」

「ジュリア様からも目を離すなよ！」

私は周囲へ呼びかけながら馬を走らせ、レウスへと迫る魔物へと斬りかかった。

幸いながら三人の状況に気付いていた他の部隊もすぐに続いてくれたので、レウスを囲む防御陣形を作る事は出来た。

それでも陣形を抜けてくる魔物が偶《たま》にいるので、私はレウスの近くで剣を振るいながら彼に声を掛けた。

「安心しろ、レウス。私たちも君を……レウス？」

「…………」

今や周辺は私たちと魔物による激しい乱戦となっているのに、レウスはただ静かに呼吸を繰り返しながら己を研ぎ澄ませていた。

波が一切ない水面のように静かなレウスは無防備そのもので、このような状況でじっとしていられるのは私たちが守ってくれると信じているからだろう。先程私へ向けた視線はそういう意味だったのだ。

友の信頼を誇りに思いつつ、私たちが迫る魔物を斬り捨てていく一方、ヒルガンを食い止める事になったジュリア様とキースだが……。

「ぐっ!? はあああああぁぁぁぁ――――っ! もっと抵抗しろよ! 惨めに泣き叫べよぉ!」

「あひゃははははぁ!

「おりゃあああぁぁぁ――――っ!」

段々言葉すら怪しくなってきているヒルガンの猛攻を、正に命懸けで防ぎ続けていた。

武器の消耗すら考えず、暴風のように繰り出される六本の剣を全力で受け止め、時には防ぎきれず背中から崩れ落ちそうになるが、二人は雄叫《おたけ》びを上げながら踏み止《とど》まる。

レウスが抜けて大きく戦力が落ちているのに、二人は決して通さないという意思と決意を以《もっ》てヒルガンを押さえ続けていた。

時間にして三十秒くらいだろうか? もどかしさと焦りにより、その時間が恐ろしい程に長く感じる中、遂《つい》にその時が訪れてしまう。

「がっ!? ぐ……おおっ!?」

「あらら、もう終わりか? なら埋める手間を省いてやるよぉ!」

先に倒れたのはキースだった。

上段から振り下ろされた剣を受け止めきれず、背中から地面へと叩《たた》きつけられてしまったのだ。

何とかハルバードを盾にしたものの、半分くらい地面に埋まっていたキースはすぐに身動きが取れず、容赦なく振り下ろされる敵の乱打をそのまま受け続ける羽目となった。

すぐにキースを助けようとするジュリア様だが、彼女もまたヒルガンの攻撃を避けきれず剣で受け止めたのだが、衝撃を殺しきれず後方へ弾《はじ》き飛ばされていたのである。

「ようやく死んだか。そんじゃま、こっちも終わらせるとすっかな」

砂埃《すなぼこり》や瓦礫《がれき》でキースの姿が完全に見えなくなったところで、ヒルガンは全ての剣を振り上げながらゆっくりとジュリア様へと迫った。

「ふへへ、やっぱてめえは見た目だけは最高だな。どうだ、命乞いをするならてめえだけは許してやるぜ？」

すでに返事をするのも辛《つら》いのか、ジュリア様はこれが答えだと言わんばかりに剣を構えるだけである。

馬鹿な女だと呟《つぶや》いたヒルガンが彼女へと剣を振り下ろそうとするが、不意にその動きが止まった。

「待て……よ。もう少し付き合えよ！」

やられたと思っていたキースが、血塗《ちまみ》れの体でヒルガンへと組みついていたのである。

そのまま彼はヒルガンの腕へと手を伸ばし、体全体を使った関節技を決めて左腕三本の内の二本を封じたのだ。

「ちっ！　死にぞこないー……」

「はあああぁぁぁ――――っ！」

キースへと気を取られた隙を逃さずジュリア様は飛び出すが、ヒルガンは冷静に残った四本の腕で迎撃してきた。

すでに満身創痍《まんしんそうい》に近い今の彼女では、とても四本は凌ぎきれないだろう。それでもジュリア様は最後まで抗《あらが》おうと一歩も引く気はなかった。

最早《もはや》捨て身としか思えぬその姿に彼女の親衛隊や兵士たちが駆け寄ろうとするが、周囲の魔物によって阻まれて間に合いそうにない。

ただ一人、誰よりも早く飛び出していた私を除いて。

「雑魚がぁ！　一緒に殺してやるよ！」

ジュリア様の隣まで迫ったところで、私に気付いたヒルガンがこちらを見る。

人を羽虫としか思っていない、嫌な目だ。それに理解はしていたつもりだが、近づいてみると何と恐ろしく凄《すさ》まじい威圧感だ。これ程の化物を相手にレウスたちは正面から戦い続けていたのか。

しかし実力では負けようと、心まで負けるつもりはない。

体が震えそうになるのを精神でねじ伏せながら、私は事前に決めていた剣の一本へと狙いを定める。

おそらく今の私の実力では、奴の一撃を防ぐどころかジュリア様ごと薙《な》ぎ払われて殺されてしまうだろう。

だが決して、私は無謀な突撃をしに来たのではない。

弱点と呼ぶ程のものでもないが、ヒルガンを観察し続けて見つけたある一点を突けば……。

「後は……どうか！」

祈るような言葉をジュリア様へ伝えながら私は剣を両手で握り、馬を走らせる勢いを乗せた剣を下から掬《すく》い上げるように振るい、相手の剣の切っ先へとぶつけた。

長き付き合いだった私の剣はその一撃であっさりと折れ、私もまたその衝撃や勢いに踏ん張り切れず落馬してしまう。その御蔭《おかげ》で他の剣から逃れる事は出来たらしいが、代わりに馬がやられてしまったようだ。

こうして私が剣と馬を失ってまでやれた事は、一本の剣の軌道を僅かに逸《そ》らしただけに過ぎなかった。今の私ではそれが限界だったのだ。

だがジュリア様のような実力者であれば、その僅かなずれを理解して必ず生かしてくださる筈《はず》だ。落馬によって逆さになった状態のままジュリア様へ視線を向けてみれば、そこには髪を少し散らしながらも四本の剣から逃れた彼女の姿があった。

「……感謝する」

そして攻撃後の隙を突いたジュリア様は、ヒルガンの頭部……目の部分へと剣を突き立てていた。頭部も腕と同じように頑丈だったらしく深々と刺さらなかったが、相手の目を潰せたのは大きい。

しかし本来であれば目に刺さった時点で致命傷な筈なのに、やはりヒルガンにはあまり通じていないらしく、目が見えず腕を無茶苦茶に動かしてジュリア様を殴り飛ばし、更にキースをも力技で振り払ったのである。

　飛ばされて倒れたジュリア様とキースは辛うじて生きてはいるようだが、遂に力を使い果たしたのかそのまま動かなくなっていた。

　どうやら、時間稼ぎも限界らしい。

「ああ、畜生がぁ！　最後まで鬱陶しい連中だなぁ！」

　悪態を吐《つ》いたヒルガンは顔に刺さった剣を抜き、その場に放り捨ててからジュリア様へとゆっくりと近づいていく。

　その間にも目の傷が塞がり始めていたので、落ちていた兵士の剣を拾った私が最後の抵抗を考えていたその時だった。

「何だよ、しかもまだあの野郎を殺《や》れていないのかよ。役に立たねえ雑魚が──……っ!?」

　一瞬……そう、一瞬だけ時が止まったかのように、それに気づいた者は動きを止めていた。

　そうか。間に合ったんだな……レウス。

　気付けばレウスを守っていた兵士たちだけでなく、魔物たちも彼の周囲から離れており、まるで道を譲るかのようにレウスとヒルガンまでの間に誰もいなくなっていたのだ。

　兵士たちはともかくヒルガンに服従していた魔物まで何故《なぜ》と思ったが、今のレウスの姿を見ればそれも理解出来た。

「お、おお……」

「何だ……あれ？」

「銀色の……光？」

背後の景色さえ歪《ゆが》む程に濃密で、銀色に輝く魔力がレウスの全身から溢《あふ》れ出していたのだ。味方でさえ竦《すく》み上がるその銀色の魔力が、おそらくヒルガンの指示すら跳ねのける程の恐怖を魔物に与えているのだろう。

それは魔物だけでなくヒルガンにも影響を及ぼしているのか、奴《やつ》は止めを刺そうとしたジュリア様を無視してレウスへ向かって駆け出したのである。

それ程までにレウスを危険視し、優先すべき相手だと本能で察したのかもしれない。

「偉そうに光りやがって！　そんな大道芸で最強の俺様に勝てると思っていやがんのか！」

ここにきて初めて真剣な表情を見せるヒルガンであるが、対するレウスは未《いま》だ目を閉じたままだ。剣を構えたまま不動のレウスにたった数歩の踏み込みで一気に接近したヒルガンは、六本の剣を限界まで振りかぶる。

「潰れやがれえええぇぇぇぇ――――っ！」

六本の剣による、全て別々の角度から放たれる同時攻撃。

斬るのではなく挟み潰すのであろう攻撃が放たれたその瞬間……レウスは目を開けて笑った。

「……助かったぜ」

「うっ!? ああっ!?」

開かれたレウスの目は、狼《おおかみ》の姿に変身した時と同じ目に変わっていた。

体は人の姿でありながら、今の彼は変身した時より遥《はる》かに強い力を思わせる威圧感を放っており、その凄まじさはヒルガンの攻撃を中断させる程だった。

いや、中断するどころか振りかぶった剣を前面に並べ、壁を作るように防御姿勢を取ったのである。

あの慌てようからして、何故防御へと切り替えたのか自分でもわからなかったようだが、考えてみれば奴は魔物に近い存在なので、危険が迫った時は理性ではなく本能で体が動いてしまうのだろう。

そして三人が全力で叩いても壊れなかった剣の壁を前に、レウスは己の全てを込めた剣を振り下ろす。

「ぬりゃあああああああああぁぁぁぁぁぁぁ――――――っ!」

それは気のせいだったかもしれない。

しかし、私には見えたのだ。

剣を振り下ろすレウスの背後に、今の彼と同じ雄叫びを上げる剛剣の幻影を。

――　レウス　――


皆に時間を稼いでもらい、自分が爆発するんじゃないかと思うくらいに集中させた魔力を一気に解放させると、体が燃えるように熱くなっていた。

体中で暴れ狂い、今にも外へ飛び出しそうな魔力を気合で押さえつけていると、敵であるヒルガンが目の前まで迫ってきた事に気付く。

けど、焦りはない。正直に言って歩くのがきつかったから、そっちから来てくれて寧《むし》ろ助かったくらいだ。

そう思っていると、何故かヒルガンは剣を壁のようにして防御し始めるが、俺は構わず魔力と意思を剣へと込めながら振り下ろした。

想像するは極限へ至る一刀。

そして……剛剣ライオルが剣を振り下ろす姿。

「ぬりゃあああああああああぁぁぁぁぁぁぁ――――――――っ！」

自然と出た雄叫びと共に振り下ろされた剣は、地面まで深々と斬り裂いていた。

あれだけ攻撃を受けても傷一つなかったヒルガンの剣が重なっていたのに、俺が振り下ろした剣は地面まで斬っても抵抗を一切感じられず、ただ空気を斬ったとしか思えなかった。

空振りだったと勘違いしそうな感覚だったけど、それはないだろう。

だって『剛破一刀流』の奥義……いや、真の奥義と呼ぶものを俺なりに放ったこの技は確実に決まったのだから。

「へ、へへ……何だよ、やっぱり見掛け倒しー…………あ？」

何も感じなかったのか、馬鹿にするように笑うヒルガンが防御を解こうとした瞬間、六本の剣どころかヒルガンの肉体すら真っ二つになっていた。

驚愕《きょうがく》の表情を浮かべるヒルガンの肉体が二分されて左右に崩れ落ちていくが、すぐに俺は剣を放しながら一歩踏み出す。

「レウス!?　何をしてー……」

「ふぅ……」

わかる。こいつはまだ、死んじゃいねえ。

こいつがラムダの仲間なら、前線基地でジュリアが戦った偽ラムダのように心臓と同じような核が複数あってもおかしくないからだ。

奴の体の中心から感じた嫌な感じは、今の技で斬った。

後は左右に倒れていく左側の肉体……胸元だ。

その一点を目掛け、残った魔力を込めた拳をぶちかます！

「シルバリオン……ファング！」

この戦い方、過去に闘武祭で兄貴と戦った時と同じだな。

あの時の兄貴は拳が当たると同時に後方へ飛んで、ガーヴ爺《じい》ちゃん直伝の『シルバーファング』の威力を半減させていたが、今度は違う。

拳を当てて衝撃で撃ち抜く爺ちゃんのやり方ではなく、拳から放つ魔力を槍《やり》のように伸ばして一点を貫く技『シルバリオンファング』へと変えているからだ。これは姉ちゃんと俺の故郷を滅ぼした、ヒルガンと同じように剣が通じ辛《づら》い肉体を持つ魔物用に作った技だ。

兄貴が、『れーざー』みたいだとか言っていた魔力の槍がヒルガンの左胸を大きく穿《うが》った後、二つの肉体……ヒルガンは地面へと崩れ落ちた。

「お、おお……やった……やったぞ!?」

「レウス殿がヒルガンを討ち取ったぞぉ！」

「全部隊と中央にも報告だ！　士気を上げろ！」

周りの皆が歓声を上げて喜んでいるが、ちゃんとジュリアとキースに誰かが駆け寄っているので、とりあえず一安心かな？

キースは気を失っているみたいだけど、まだ意識があるジュリアと目が合ったので、俺は感謝を伝えるように笑いかけた。二人がこんなにも頑張ってくれた御蔭で、俺は奴を斬る事が出来たんだからな。

「レウス、やったな！」

「ああ。皆の御蔭だな」

気付けば馬がいなくなっているアルが歩いてやってきたので、俺たちは拳を打ち付け合った。

集中している間は周りで何が起こっていたのかわからなかったが、アルは妙に泥だらけで剣も変わっているので、色々と頑張ってくれたんだろう。

後でしっかり礼を言いたいから、何があったのか教えてもらおうとしたが、それよりも先にアルの方から質問をされた。

「しかしさっきのは凄《すご》い剣だったな。まるで剛剣が乗り移ったかのような剣だったよ。あれも剛破一刀流の技なのかい？」

「そうだけど、そうじゃねえとも言えるかな？」

この戦いが始まる前日、俺はライオルの爺ちゃんとこんな話をした。

『なあ、爺ちゃん。前に見せてもらった『剛破一刀』、俺も使えるようになったぜ』

『何じゃ小僧。あんな児戯が使えるようになった程度で調子に乗るな。たわけが！』

『児戯って、未完成でもあれは奥義とか言ってなかったか？』

『ふん、確かにでかいのを斬る時は便利じゃが、あれはわしの目指す剣ではない。じゃから別の奥義を作ったわい』

『別の奥義!?　それって一体……』

『そうじゃな、口で説明出来ぬから見せてやりたいところじゃが、今日はもう疲れる事はするなとエミリアに言われたからのう。次の機会を待つがいい』

結局、その新たな奥義とやらは見せてもらってはないが、爺ちゃんの言葉から何となく予想はつく。

そもそも爺ちゃんの剣は大きい相手を斬る為《ため》じゃなく、強い相手と戦う為の剣だ。

そして今の爺ちゃんが最も斬りたい……勝ちたい相手は爺ちゃんより小さい兄貴なので、魔力を使って刀身を伸ばすのは無駄だと考えたんだろう。

だからその無駄に使っていた魔力と気合を剣だけでなく体にも込め、限界を越えた体で振るう剣で……斬る。

とにかくそれが爺ちゃんの言う新しい奥義じゃないかと思い、俺なりにやってみたのがあの剣というわけだ。

「ふむ、聞いていた以上に深い流派なのだな。そういえば、さっき君自身が光っていたあれは何だったんだ？　今は消えているようだが……」

「何だそりゃ？　俺、光っていたのかよ？」

「あ、ああ。レウスが剣を振り下ろす少し前に、君の全身から銀色の光が溢れ出ていたんだ。あれは君の魔力なんだろう？」

「そう言われても、俺は貯《た》めた魔力を爆発させていただけだからな」

時間をかけて限界まで貯めた魔力が体中を暴れ回って辛《つら》かったけど、あの間は変身していた時よりも力が漲《みなぎ》っていたような気もする。

うん、考えてもよくわからないし後で兄貴に聞いてみればいいか。そう思いながら話を終わらせようとした時……俺の尻尾が急に逆立つ。

それと同時に、俺たちを休ませようと周囲の魔物を相手にしていた兵士たちの大声が響き渡った。

「ほ、報告！　ヒルガンが、ヒルガンが動き始めました！　まだ生きています！」

「何っ!?　半身にされたのだぞ!?」

「落ち着け！　ジュリア様、ここは我々にお任せを！　我々で一気に仕留めるぞ！」

まだ右側の肉体に核が残っていたのか、片腕と片足だけで動いて左側の肉体にくっ付いて再生し始めているらしい。

だが俺たちがいない事で皆も遠慮なく攻撃が出来るのか、兵士たちが一斉に矢や炎の魔法を放ち始める。

更に大型の魔物……対ギガティエント用の大型の杭《くい》まで用意され、爆炎が晴れると同時に撃ち込もうと準備を進めているが、それよりも先にヒルガンが動いた。

爆炎から魔物のように四《よ》つん這《ば》いで飛び出してきたかと思えば、そこにいた兵士だけでなく落ちていた魔物の死骸まで喰《く》らい始めたのである。

その間も槍や魔法による攻撃は続けられていたがヒルガンの食事は止められず、アルや部隊長が襲われないように距離を取れと指示を出したところで、ようやくヒルガンは立ち上がって俺へと向き直った。

「ぐふ……はぁ、さすがに今のはやばかったぜぇ」

「俺たちの事をしぶといとか言いながら、お前はそれ以上だな」

「俺様はいいんだよ。つーかあの野郎、俺の知らないところで細工なんかしやがって。腹が立つと思わねえか？」

奴《やつ》がへらへら笑いながら叩《たた》いている右の脇腹、真っ二つにする前には何も感じなかった場所なのに、今は妙な感じがする。

死ぬと発動する仕組みなのか……と、色々分析しているアルが何か呟《つぶや》いているが、とにかく回復したのならもう一度戦うしかないみたいだ。

奴が起き上がった時に地面から抜いた相棒を構えていると、隣で同じく剣を構えていたアルが驚いた様子で俺を見た。

「レウス!?　その剣……いや、腕はどうした？」

「ああ、ちょっと無理し過ぎたみたいだ。でも、まだ行ける」

俺と共に戦い続けてくれた相棒である大剣は、刀身の半ばから折れていた。

手入れは欠かしていなかったけど、長い付き合いだからな。だから寿命だとは思うが、この感じだとさっき放った技に剣が耐え切れなかったのかもしれない。

更に身体強化用の魔力を『シルバリオンファング』に回したせいか、技を放った左腕に相当な負担が掛かったらしく、先程から震えが止まらないので剣を上手《うま》く握れない。

折れた剣に満足に動かない左腕と、状況は悪くなるばかりだが、まだ戦えないわけじゃない。

「ふへへ、そんな剣じゃあ、さっきのやつはもう使えねえだろ。それでもまだやるってのか？」

「お前こそ、俺たちのより硬いとか言ってた武器が全部斬られているじゃねえか」

「これくらい関係ねえよ。俺様の天王剣に武器は関係ねえんだ」

食事を終えてから拾ったのか、俺と同じように刀身が半分になった六本の剣をヒルガンは構える。

つまり剣から短いハンマーに変わったわけで、そうなるとこいつはもう完全に……。

「やっぱりお前、剣士でも何でもないよな。そんなので天王剣とか名乗っているんじゃねえよ」

「うるせえ！　天王剣は俺自身だ！　役に立たねえ折れた剣で粋がるな雑魚がぁ！」

「剣は折れても、心が折れなきゃ負けじゃないんだよ！」

兄貴と爺ちゃんに負け続けてきた俺の心が簡単に折れると思うな。

それに心が折れてないのは俺だけじゃねえ。

「ふ……レウスの言う通りだな。私もまだ……戦えるぞ」

「悪い、ちょっと寝ちまってた。武器はもう駄目になったが、まだ親父《おやじ》譲りの拳が残ってるぜ」

「微力ながら私も手伝おう。少しだが、奴の動きが見えてきたところだ」

「「我々もお手伝いします！」」

回復魔法を受けて何とか立ち上がれるようになったジュリアとキースも、やる気満々で俺の隣に立っていた。

更にアルだけでなく親衛隊の皆も同じようで、俺たちの背後に並んでヒルガンを睨《にら》みつけている。はっきり言って、皆ただ強がっているとしか思えない程にボロボロだ。

けれど、奴へ宣言したようにまだ負けじゃない。諦めるのは死んでからすればいいんだ。あの野郎の弱点である核の位置もわかっているし、皆で連携して戦えばいける！

「くそが！　わざわざ雑魚共に合わせてやっていたら調子に乗りやがって！」

「合わせていたって、ただ余裕を見せて油断しただけだろうが」

「うるせえ、あの野郎の命令なんだよ！　けどよう、ここまでされたらもう遠慮はいらねえよな？　結局、戦いってのは何をやろうと最後に立っていた奴の勝ちだからなぁ！」

「じゃあ、僕も遠慮なく斬らせてもらいますね」

「ああ!?」

突然、いる筈《はず》もない相手の声が聞こえたかと思えば、右翼方面の魔物たちの首が数体同時に飛ばされ、更に一つの影が高く飛び上がり上空からヒルガンへと迫ったのである。

乱入者に驚きながらもヒルガンは武器で相手を叩き落とそうとするが、六本の武器による攻撃は全て華麗に避けられ、更に反撃で腕の一本を双剣で一閃《いっせん》されていたのだ。

「……あれ？　斬り落としたつもりだったんだけどな」

「この、小さい癖に生意気な！」

怒るヒルガンの攻撃を再び避けて俺たちの前に着地したのは、右翼で姉ちゃんと爺ちゃんたちと戦っていた筈のベイオルフだった。

しかし今のは凄かったな。爺ちゃんに鍛えられた御蔭《おかげ》か、空中にいながらもあんなにも綺麗《きれい》に避ける……って、違う。

「何でここにいるんだ？　右翼は、姉ちゃんたちはどうしたんだよ？」

「その辺りは長くなるので、後で説明します。ところで、あれが例のヒルガンという方でしょうか？」

「ん？　ああ、あれがヒルガンだ」

「なるほど……」

確かに姉ちゃんたちは気になるが、ベイオルフの様子からして酷《ひど》い状況とは思えなかったので、今はヒルガンに集中するべきだな。

ただ、初対面とはいえわざわざ敵の名前を確認するのは何でだ？

「おい、何をこそこそとしていやがる。特にそこの羽虫！　俺様の邪魔をして、ただで済むと思ってんだろうなぁ？」

「怒っているところ申し訳ないのですが、僕はもう貴方《あなた》と戦えないので諦めてください」

「意味のわからねえ事を言いやがって。まさか逃げる気か？　逃すと思ってんのかよ！」

「いえいえ。貴方とどうしても戦いたいという方が……」

「ぬりゃあああああぁぁぁぁぁぁ――――っ！」

そこまでベイオルフが口にしたところで、先程と同じ方角から凄《すさ》まじい雄叫《おたけ》びと破壊音が響き渡った。

百を超える魔物が細切れになりながら吹き飛び、砂埃《すなぼこり》と瓦礫《がれき》の向こうから現れた存在を確認したベイオルフは、ヒルガンに憐《あわ》れみの目を向けながら続きを口にする。

「間違えました。貴方と戦いたい方ではなく、滅多切りにしたい方がいる……でしたね」

「小僧っ！　痴《し》れ者《もの》はそいつか！」

「ええ、この方がヒルガンだそうですよ」

ここまでくれば誰が……なんて説明するまでもない。

数百に及ぶ冒険者や傭兵《ようへい》たちを引き連れたライオルの爺《じい》ちゃんは、異様に怖い笑みをヒルガンへ向けながら堂々と現れた。

「いいか小僧共！　わしの獲物に手を出すなよ！」

「「「はい！」」」

あの冒険者と傭兵たち、戦いが始まる前より素直になっていないか？

しかもジュリアの親衛隊に負けない勢いと攻めを見せており、左翼の部隊と協力して魔物を次々と倒してくれるので、ヒルガンによって乱された部隊の陣形や士気が戻りつつあった。

「それで僕たちはルカと遭遇したのですが、彼女が中々厄介でして……」

御蔭で俺たちにも余裕が生まれたので、親衛隊の人に回復魔法をかけてもらいながらベイオルフから右翼の話を聞いていた。

向こうも激戦だったようだが、戦況の為に姉ちゃんを置いてきた話を聞くなり、ジュリアとアルがかなり動揺している。

「なっ!? エミリア殿が一人でだと!?」

「くっ……レウス、すぐに向かおう。おそらくここは剛剣殿がいれば何とかなる筈だ」

「……姉ちゃんが大丈夫って言ったのなら平気だろ」

リース姉とフィア姉の力を借りるような話もしていたし、何よりあの姉ちゃんが勝てない戦いをするとは思えない。俺たちは兄貴から生き残るという事をしっかりと叩きこまれてきたからな。

というか、もし姉ちゃんがルカを倒していたとしたら、今の俺たちって凄《すご》く情けなくねえか？

四人掛かりで挑んで追い込みはしたものの、結局爺ちゃんに頼るのはどうかと思う。

だから俺が姉ちゃんをあまり気にしていない事と、爺ちゃんに甘えているという事を皆に伝えれば、目が覚めたかのようにジュリアとキースが拳を握っていた。

「確かに……な。我々は負けていないと、先程口にしたばかりではないか」

「だな。散々あれで殴られた借りを返さねえと」

「その気持ちは僕もわかりますよ。ですが、問題はあの人が止められるかどうかですね」

「わ、私としては、これ以上皆に無茶をしてほしくないんですが……」

ちなみにこうしてゆっくりと会話が出来るのは、ヒルガンが爺ちゃんの姿を見るなり、ずっと固まっているからだ。

恐れているのではなく、大好きな人をようやく見つけたかのような喜びに満ちた目をしており、互いが残り数歩分の距離になったところでヒルガンは笑い始めた。

「ふ、ふへへ……ラムダから聞いているぜ？　てめえが、てめえがあの剛剣だな？」

「……………ふん」

「だんまりかよ。まあいいや、それじゃあ俺と殺《や》り合おうぜぇ！」

そして碌《ろく》に返事もしない爺ちゃんへと迫りながら六本の剣を振るってきたので、爺ちゃんは迎撃するように剣を振るってぶつけていた。

すると俺たちの時より遥《はる》かに大きい轟音《ごうおん》が響き渡り、その凄まじさは衝撃波さえも生み出して敵味方に被害を出す程だ。

そんな化物二人の力比べだが、最終的に押し負けて弾《はじ》き飛ばされたのは……。

「うおらあああぁぁぁ――――――っ！」

「ぬう!?」

驚いた事に爺ちゃんの方だった。

戦いにおいてほとんど地から足を離さない爺ちゃんの体が僅かに浮き、こちらに向かって飛ばされてきた爺ちゃんだが、両足で地面を砕きながら踏ん張り俺たちの前で止まった。

「は、うははははぁ！　やっぱりだ！　俺様の力は……剛剣を超えたんだぁ！」

「剛剣殿!?　私も助太刀します！」

「爺さん、俺も手伝うぜ！」

剛剣が力負けしたという状況に誰もが驚愕《きょうがく》し、ジュリアたちが加勢すると騒ぎ始める中、俺は何か違和感を覚えていた。

あの爺ちゃんが弾き飛ばされたのは本気で驚いたけど、何か様子が変じゃないか？　普段より大人しいというか、別の事を気にして本気で剣を振るっていなかった気がする。

そんな事を考えながら相変わらず大きいその背中を眺めていると、爺ちゃんは顔だけ振り返り、俺が持つ折れた剣を見ながら口を開いた。

「その剣……耐えられなかったか？」

「お、おう。ずっと俺を助けてくれた剣なのに、こんな事で情けねえよ」

「ふん。未熟者じゃな」

「そのような言い方はお止《や》めください！　確かに貴方に比べればまだまだですが、レウスの剣は多くの者を救った素晴らしい剣なのです！」

「たわけ。未熟者なのは、その剣を打ったあの爺《じじい》の事じゃ！　小僧の成長を見極められず、技に耐えられぬ鈍《なまくら》を作りおってからに」

いや……え？

未熟だと怒られても仕方がないと思っていたのに、何でそんなにも穏やかな目で俺を見ているんだ？

それに、俺の技に耐えられないって……。

「さっきの剣、見たのか？」

「見えるわけがなかろう。じゃが、見なくともわかる。わしの魂を震わせる一撃を小僧が放ったとな」

魔物が壁になって見えなかった筈なのに、爺ちゃんはあの剣を感じたらしい。

どういう事だとアルとキースは呆気《あっけ》に取られているが、ジュリアとベイオルフだけは納得するように頷《うなず》いていた。

普段からは考えられない態度に俺が困惑していると、顔を正面に戻した爺ちゃんは剣を構えながら背中越しで語り続ける。

「じゃから、今度はわしのを見せてやろう。小僧はそこで大人しくしておれ」

「こ、こんな状況で大人しく出来るかよ！　力で負けた癖に強がってんじゃねえ」

「やかましいのう。機会があれば見せてやると言ったじゃろうが。じゃからわしのを見て更に強くなれ……レウスよ」

「ふざけー……」

あれ……今、俺の名前？

爺ちゃんが相手の名前を呼ぶのは、心から認めた相手だけで……まさか？

何だよ。この爺ちゃんは兄貴に近づく為《ため》の踏み台なのに、倒す相手なのに、何でこんな……。

「う、うるせえな！　見るなら隣でもいいじゃねえか」

「ええい、邪魔だと言わんとわからんか！　先にお主を斬るぞ！」

ったく、むかつくけどやっぱりいつもの爺ちゃんだな。

でも何か気が抜けたというか、ああなったらもう止められないので、もう俺は大人しく爺ちゃんの戦いを見守る事に決めた。

俺たちのやり取りに皆も様子を察して諦めたようなので、俺たちは歩き始めた爺ちゃんの背中を静かに見送る。

その頃、力で勝てたのが嬉《うれ》しくて長々とはしゃいでいたヒルガンだが、爺ちゃんが再び近づいてきたところでようやく笑うのを止めた。

「勝てる……今の俺様なら勝てる！　ここで剛剣を殺し、俺が世界最強の剣士になるんだぁ！」

俺はあまり興味がないけど、あいつは最強という称号に憧れていたのかもしれない。

エリュシオンの学校にいた頃、自分の強さに限界を感じて絶望し、傭兵になって悪い事を平然と出来るようになった男を俺は知っている。

きっとヒルガンもその傭兵と似たような感じで、諦めていた時にラムダと出会って力を貰《もら》ったのかもしれない。兄貴がいたなら、人の身を捨ててまで強さを求めた男の末路……とか言っていただろうな。

どこか哀れとも言える男は心の雄叫びを上げているが、爺ちゃんはいつも通り剣を構えるだけだった。

「御託はいいから、さっさとかかってこぬか」

「へへ……勝つのは、俺だぁ！」

そして再び互いの剣がぶつかり合い、力と力による押し合いとなった。

しかし今度は爺ちゃんも本気なのか力は互角で、互いの剣が擦れて火花が散っている。

「ぬおおおおおぉぉぉ――――っ！」

「おあああああぁぁぁぁ――――っ！」

そして同時に剣を戻したところで、今度は手数で攻めようとヒルガンは六本の剣を自在に動かしながら爺ちゃんへと襲い掛かる。

しかし一撃が軽くなった分、爺ちゃんも剣を速く動かせるようになったのか、六本の剣を全て正面から受け止めていく。

剣を極めし者と、人を捨ててまで強さを求めた者による正面からの殴り合いはしばらく続いたが、あまりにも激し過ぎて目が離せずそれに気づくのが遅れてしまった。

ヒルガンの背後から密《ひそ》かに近づいていたのか、地を這《は》っていた細長い蛇のような魔物が飛んで爺ちゃんの片腕に絡んだのである。

「むっ!?」

「うひゃははははぁっ！」

蛇の魔物は爺ちゃんが腕を動かす勢いで剣がれたようだが、その僅かな違和感が達人同士では致命的な隙となり、ヒルガンの一撃が爺ちゃんの肩に直撃してしまったのである。

あの笑い方……絶対あいつがやりやがったな！

俺たちが怒りの声を上げる間もなく、肩の一撃で大きく横へ体勢を崩した爺ちゃんは何とか踏み止《とど》まってはいたけど、その隙を逃さずヒルガンは残った五本の剣を振り下ろしていた。

「俺様が勝てればいいんだー……」

「……ぬうあっ！」

だが、そんな状態でも爺ちゃんが強引に振るった剣は、迫る五本の剣どころかヒルガンさえも弾き飛ばしていたのだ。

あんな不利な姿勢で押し勝つなんて、一体どれだけ馬鹿力なんだよ？

乾いた笑いすら漏れる俺たちと同様にヒルガンも驚いたようだが、すぐに肩へ一撃を食らわせた事を思い出したのか笑みを浮かべていた。

頑丈な肉体の御蔭《おかげ》か、遠目からすると爺ちゃんは打ち身だけで骨が砕けているような様子はなさそうだ。けど、剣への影響は大きいだろう。

あの野郎と違ってすぐに怪我《けが》が治るわけではないので、徐々に追い詰められつつある状態なのだが、そこで不意に爺《じい》ちゃんは呟《つぶや》いた。

「止《や》めじゃ」

「……ああ？」

「「「「は？」」」」

その言葉にヒルガンだけでなく俺たちも間抜けな声が出ているが、爺ちゃんはつまらなそうに溜息《ためいき》まで吐《つ》く。

「わしと打ち合える者は久しいから、少々付き合ってやったが……もう飽きたわい」

「な……ああ!?」

「よいか。わしはのう、強き剣士か戦士と戦いたいのじゃ。お主のような魔物とは数え切れぬ程やってきたから、すぐに飽きるんじゃよ」

「魔物と一緒だと!? 俺様の天王剣が魔物なんざに使えると──……」

「その程度でか？ わしからすれば、借り物の力で玩具《おもちゃ》を振り回す餓鬼のようにしか感じぬわい。そもそもその程度の技で剣士のような事を口にするな、このたわけが！」

「か……ぐ……」

名声を含めて明らかな実力者による直球過ぎる言葉に、ヒルガンはまともな返事が出来ないくらい怒り狂っているようだ。

まさか挑発で相手の隙を誘って……んなわけないか。言いたい事を隠すような爺ちゃんじゃねえからな。

それと、止めるとはこの戦いを終わらせるという意味もあると思うので、一体何をするのかと見守っていると、隣のベイオルフが何かに気付いて声を上げた。

「あ、終わらせる気ですね。あれを使うようですから」

「あれって、もしかして前に聞いた奥義の事か？」

「ええ。奥義の名前は『剛破一閃《ごうはいっせん》』。敵に向かって使うのは、まだほんの一、二回くらいでしょうか？」

どんな奥義なのかと胸を弾ませていると、爺ちゃんは普段と同じ構え……剣を天高く掲げる上段の構えを取った。

そこまではいつも通りだが、急に雰囲気が変わり、爺ちゃんの姿がヒルガンよりも大きくなったように感じたのだ。

「これは……さっきのレウスと同じ？」

「はは、何という気迫だ。武者震いが止まらないじゃないか」

あの時の俺と違って爺ちゃんの体から光や魔力が出ていないそうだが、周囲の魔物が恐怖で離れ始めている点は同じらしい。

「この……爺がぁ！」

一方、怒りで冷静さを完全に失っているのか、あるいは俺ので慣れたせいなのか、ヒルガンは本能すら捻《ね》じ曲げて爺ちゃんへと迫っていた。

そして爺ちゃんの剣が届く範囲に入った瞬間……ヒルガンの左腕の一本が宙を舞った。

「……ぬかったわ」

は、速い!?　俺たちには爺ちゃんの手元がぶれたようにしか見えなかった。

でも、何で俺みたいに体を真っ二つにしなかったんだ？　しかも失敗したような事を呟いているし、手元でも狂ったのか？

「おお……あの御方《おかた》は、どれだけ私の予想を上回ってくれるのか。素晴らしい！」

「あの爺さん、あれで肩を殴られたよな？　それであれって、どういう体してんだよ」

しかし一番驚くところは、剣を振り終わった爺ちゃんが、気付けば元の構えに戻っている点だ。

そんなの当たり前だとは思うけど、極限の一刀とも言えるあの技を放とうとすれば、剣だけでなく体への負担がとんでもなく大きくなる。だから俺も魔力で破裂しそうなくらい体を強化したし、消耗も激しいから一度振り下ろすのが限界だった。

それなのにもう一度構えているという事は、爺ちゃんはこの技をまだ放てるというわけだ。それは正しかったようで、腕の次は別の手の指を斬り落としている。

腕の一本の時点で突撃を止めなかったヒルガンであるが、予想を遥《はる》かに超える攻撃の速さで冷静になれたのだろう。

すぐに止まって一旦距離を取ろうとしていたのだが……。

「あがぁっ!?」

「……どこへ行く」

地を蹴ろうとしたヒルガンの足首を斬り飛ばし、動きを封じる。

倒れた勢いで多少離れられても、その程度なら爺ちゃんは地面を滑るように移動して詰めた。一切足が浮いていないのに移動は速いので、傍《はた》からすると気持ち悪い動きに見えなくもない。

そして相手が顔を上げるのを待ってから、爺ちゃんは更にヒルガンを斬り刻んでいった。

爺ちゃんならすでに気付いているであろう、脇腹の核をわざと避けながらだ。

「レ、レウス。そろそろ……じゃないかな？」

「止まるかな？」

正直に言って……俺たちは若干引いていた。

まるで拷問のように指から腕へ、足から太腿《ふともも》へと体の中心に向かって徐々にヒルガンの体を斬り落とす爺ちゃんの姿を見ていると、もうどちらが敵なのかわからない。

「止めましょう。今回は絶対に無理ですよ。だってあの人、言ってたじゃないですか」

「あ……」

『そうか……そうか。その阿呆《あほう》は腕と足だけでなく、指から斬るとしよう』

言った……ヒルガンが姉ちゃんを狙っていたという話を聞いた時、確かに爺ちゃんはそう言った。

え、それを本気で実行していると？

さっき失敗したような事を呟いたのも、まさか指じゃなく腕を斬ってしまったから？

「もう何も出来そうにないな」

「ええ。諦めが肝心ですよ」

実際は言い寄られたくらいで、あいつは姉ちゃんに触れてすらないんだけど、爺ちゃんにとっては汚らわしい目を向けただけで許せなかったらしい。

色んな意味で大きいのか、小さいのかわからない爺ちゃんの暴走は止まる事を知らず、俺たちはただ見ている事しか出来なかった。

その後も爺ちゃんの一方的な攻めは続くが、当然ながらヒルガンも抗《あらが》おうとしていた。斬られた腕を拾ってくっ付けたり、斬られる覚悟で強引に爺ちゃんに組み付こうとしていたが、その抵抗も爺ちゃんの剣の前では全て無駄に終わった。

最後には両足と六本もあった腕が全て斬り落とされ、そこで遂《つい》にヒルガンは観念するような声を上げたが……。

「もう止め━……」

「ぬりゃあああああああぁぁぁぁぁぁ━━━━っ！」

脇腹の核を斬られ、その言葉を最後まで口に出来ず黙る事となった。

まだ他に核があって生き返ろうにも、勢いが止まらない爺ちゃんがヒルガンの体を更に細かく斬り刻んでいたので、さすがにもう復活は出来ないだろう。

「誰か、あの肉片を焼却しておけ。なるべく近づかないようにな」

「はい！」

念の為《ため》ジュリアが指示を出して、肉片の塊となったヒルガンは炎の魔法で完全に燃やされた。

辛《つら》く苦しい戦いだったが、今度こそ……終わったな。

何だかんだで美味《おい》しいところは爺ちゃんが全部持って行った気がするけど、優先目標だったヒルガンを倒せたのだから良しとしよう。

ヒルガンが消えた事により、動きが鈍くなった周囲の魔物たちは兵士の皆が押さえてくれるそうなので、俺たちは少し落ち着いて休む事が出来そうだ。

「勝った……な」

「ああ。己の未熟さは悔しいが、今はヒルガンを倒せた事を喜ぶとしよう。この戦いは私個人のものではないのだからな」

「さすがに、最後はやり過ぎだと思いますけど」

「気にすんな。俺はよく知らねえが、あの野郎は相当酷《ひど》い事をやってきたんだろ？　その罰を受けただけさ」

キースの言う通り、同情する必要はない。

ラムダに改造されたせいとはいえ、欲望のまま暴れ回るあいつが生きていたら更に多くの犠牲者が生まれていただろうし。

気持ちを切り替え、休みながら武具や己の状況を皆で確認し合っていたが、俺たちの消耗は予想以上だった。

「剣は折れちまったが、まだ使えそうだな。そっちはどうだ？」

「私の剣は大丈夫そうだが、体が言う事をきかん。でも馬上であればまだ戦えると思う」

「俺の武器は駄目だ。適当なのじゃ軽過ぎるし、しばらくは拳だな」

「確認してきたぞ。乱戦で部隊全体の損害が大きいが、士気は高いままだし、剛剣殿が連れてきた部隊と合流した御蔭でまだ戦えるとは思う」

武器と体力が心許《こころもと》ない状況だが、一度下がって補給を受けようとは誰も口にしなかった。何故《なぜ》なら、ヒルガンを倒しても爺ちゃんの興奮は冷めず、そのままの勢いで周りの魔物を斬り飛ばし続けているからだ。ベイオルフもそれに加わっており、はっきり言って俺たちの出番が必要ないくらいの勢いで殲滅《せんめつ》している。

なら怪我人と俺たちだけでも戻ってもいいのかもしれないが、落ち着いて戦場を見渡した限り、休んでいる暇はなさそうだ。

これまでヒルガンに集中していたので気付かなかったが、戦いが始まる前にはなかったものが、敵陣中央の奥深くに生まれていたからである。

「途中、ラムダの妨害があったが、それも途中から止まっていたよ」

「つまり、あれがその理由ってわけかよ」

戦場のどこからでも見えるそれは、山のように大きいギガティエントよりも更に巨大な樹《き》だった。

異様なのは大きさだけではなく、樹から無数の蔓《つる》が生えていて、そしてその蔓が何かと戦っているように滅茶苦茶《めちゃくちゃ》に動き回っているのだ。

植物という関係からラムダの仕業で間違いないだろうし、爺ちゃんがここにいる以上、あんなでかいのを相手に戦えるのは一人しかいない。

「戦っているんだ……兄貴が！」

消耗した俺たちが行ったところで何も力になれないかもしれないが、だからって遠くから眺めているだけなんて出来る筈《はず》がない。

皆も同じ気持ちらしく、俺たちは休憩もそこそこに兵士の人たちが連れてきてくれた馬へと乗ったのだが、とある問題に気付いたアルが歩き出そうとする俺たちを止めた。

「ちょっと待った。剛剣殿を忘れていないかい？」

「もう放っておいていいだろ。だってあの爺さん、まだ止まりそうにないぜ」

「そうはいかん。剛剣殿の力は必ず必要となる。何とか方角だけでも誘導出来ればいいのだが……」

俺たちの中で一番爺ちゃんを知るベイオルフによると、俺の成長が嬉《うれ》しくて気持ちが中々静まらないのでは……とも言っていた。少し気恥ずかしいが、本当にそうであれば嬉しく思う。

ただ、このままだと本気で爺ちゃんを置いて行く事になりかねないのでジュリアが困っているようだが、それもすぐに解決しそうだ。

「レウス！　皆さん！　ご無事でしたか？」

魔物を掻《か》き分けながら突如現れた部隊の中に、笑みを浮かべる姉ちゃんの姿があったからだ。

向こうも激戦だったようでかなり疲れているようだけど、姉ちゃんは無事にルカを倒せたようだな。

「おお!? 無事だったか。エミリア殿が来てくれたのならば、剛剣殿も落ち着くぞ」

「しかも右翼の部隊まで。これだけ戦力が揃《そろ》えば十分行けるぞ！」

ルカとヒルガンを倒した今、優先目標である敵はラムダのみ。

フィア姉のいる中央の部隊も順調に進軍しているようなので、俺たちが進む先は一つだけだ。

「よし！　皆、兄貴の下へ行くぞ！」

「「「おおぉ――――っ！」」」

思わず俺が号令を出してしまったが、皆は当然だと言わんばかりに応えてくれた。

多くの雄叫《おたけ》びが重なり、士気も最高に上がったところで、俺は手綱を握って馬を走らせるのだった。

《特殊工作員《エージェント》》

――シリウス――

両翼に配置されたルカとヒルガンが姉弟とぶつかった頃、俺は敵陣の奥深くまでやってきていた。

攪乱《かくらん》とはいえ一人でここまで攻め込むのは悪手としか思えないのだろうが、ラムダが弟子たちの戦いを邪魔する可能性もあったので牽制《けんせい》する必要があったからだ。

他にも、用意した魔物が一方的にやられているのに、未《いま》だに何の対処もしないラムダの狙いと秘策を暴く為に、俺はここまで踏み込んでいたのである。

こちらの予想通り、ラムダがいた位置は中央の奥深くで、わざわざ周囲の魔物を遠ざけた空白地帯のような場所で奴《やつ》は堂々と立っていた。

敵を襲わないように命令しているのだろう。そこに俺が足を踏み入れても周囲の魔物たちは一切動かなかったので、俺はゆっくりと歩きながらラムダへと近づいていく。

そして数歩分の距離まで詰めて立ち止まったところで、ラムダの方から話し掛けてきた。

「貴方《あなた》は本当に恐ろしい方だ。己の意地を貫く為にここまで来るとは」

目の前にいるのは……ラムダただ一人。

顔つきや目は多少変わってはいるが、姿はサンドールを訪れてすぐに初めて出会った時とほとんど差がない。体は細く、賢そうな気配を漂わせる一人の青年だ。

ただ、『サーチ』で調べなくてもわかるくらいにラムダの肉体は生命力に満ち溢《あふ》れており、近づいただけで毛が逆立ちそうになる程の異様さも放っていた。まるで数百、数千人分の命を一つの肉体に濃縮しているような感じと言うべきだろうか？

「ですが、こうして目の前に現れたのであれば仕方がないですね。そろそろ頃合いですし、私が相手となりましょう」

「頃合いって事は、やはり意図があって魔物を放置していたようだな。狙いは……お前が何度も口にしている絶望とやらの為か？」

「ふふ、やはり気付いていたようですね。しかし気付いたとしても、どうする事も出来ないので貴方もさぞかし困ったでしょう」

結局、最初からラムダのやるべき事は何も変わっていない。恐怖から抗おうとしたところを何度も落とし、サンドールに絶望を味わわせようとしているだけである。

つまりラムダは俺たちに希望を持たせようと、敢《あ》えて魔物には最低限の指示しか出さなかったというわけだ。

人々にとって大半の魔物が敵であり、同情をするつもりはないが……実に不愉快な話だと思う。

「それが作戦だろうが何だろうが、犠牲を無駄に増やすのは感心しないな。特に俺の弟子とその奥さん候補が怒っているぞ」

「勘違いしないでください。私は魔物を無駄にするつもりはありませんよ」

ラムダがその言葉を口にすると、魔物の断末魔が全方位から一斉に響き渡った。

確認してみたところ、どうやら俺たちを囲んでいた魔物が、地面から飛び出してきた根に貫かれて血を吸われていたり、捕食されるように根に包まれていたのだ。

よく見れば俺がここまで来る時に倒した魔物もやられており、根は生死問わず魔物を喰《く》らい続けていた。

それと同時にラムダの足元から無数の蔓が生え始め、その蔓が集まり巨大な樹になったかと思えば、樹は天を貫く勢いで伸び続けていく。

しばらくしてようやく成長が止まった後、俺の目の前に聳《そび》えていたのは、師匠のナイフの大元である聖樹そっくりの樹だった。

俺が警戒を強めながら身構えていると、樹の一部から人の上半身らしきものが生え始め、ラムダの姿になったそれは不敵な笑みで俺を見下ろしてきた。

『お待たせしました。この姿になるには、少々手間と時間が掛かりますので』

気付けば、俺たちを囲んでいるのは魔物ではなく植物の根のみであり、その向こう側では新たな魔物が犠牲になっているのが見えた。

「なるほど。要するに、この魔物たち全てが餌……お前の栄養源か」

これ程の質量を保つ為には相当なエネルギーが必要だろうが、それをいくらでも呼べる魔物で補っているわけか。

巨大なだけでなく、優れた知性を持ち、尽きる事のない補給。

他にもまだありそうだが、これがラムダの切り札なのだな。

まだ戦っていないので実力は未知数でも、これ程の相手が見掛け倒しなんて思える筈もない。

おそらく一国の戦力程度でどうにかなる相手とは思えないので、どうりでこれまで奴の余裕が崩れなかったわけである。

『どうです？　無駄になんて一切していないでしょう？　強き者が弱き者を食らうという、当たり前の事を私はしているだけなのですよ』

確かに、奴の主張は間違ってはいないだろう。

そして世界が弱肉強食であるのは俺も十分理解はしているが……。

「どれだけ自分の正当性を主張しようと、気に食わんものは気に食わんし、そもそもやり過ぎた者は自然と淘汰《とうた》されてしまうものだ。なあ、もう話は十分だろう？　そろそろ始めようじゃないか」

『この姿を見ても、怯《ひる》みもせず挑みますか。正に英雄ですね。私からすればただの愚か者ですが』

「ああ、俺は英雄なんかじゃない。俺はお前を止める為に戦う戦士……いや、特殊工作員《エージェント》さ」

どんな化物になろうと、人が作ったものであるならば敵《かな》わない道理はない。

即座に魔石のカードを展開し、師匠のナイフと接続した俺は、こちらを貫こうと伸びてくる蔓の触手を避けながら『マグナム』を放つ。

こうして、俺とラムダの最終決戦が始まりを告げるのだった。

番外編《決戦の前日》

前線基地からサンドールへ戻った次の日の朝。

爺《じい》さんを使って冒険者や傭兵《ようへい》たちを仲間に加える依頼を完了させ、皆が待つ部屋に戻ると、朝から眠り続けていたカレンとヒナがようやく目を覚ました。

すでに昼食の支度を始める時間なので寝坊も大概とは思うが、昨夜のカレンとヒナは俺たちの帰りを待つ為《ため》に夜更かしをしていたし、子供に必要な睡眠時間を考えれば寧《むし》ろちょうど良かったかもしれない。

そんな二人が眠るベッドの周りにはゼノドラたちが集まっており、寝惚《ねぼ》け眼《まなこ》のカレンが上半身を起こして周囲を確認するが……。

「……ゼノドラしゃま？」

「ああ、私だぞ。そろそろ起きるといい」

「おかーさん……もう少し……」

「こ、こら！　ここは家ではないのだぞ。寝るんじゃない！」

ゼノドラたちを見て実家だと勘違いしたのか、カレンは二度寝に入ろうとしていた。

一方、カレンと違って寝起きは悪くないヒナは自分を囲んでいるゼノドラたちに怯《おび》えていたので、メジアが緊張した面持ちで声を掛けていた。

「ヒナと言ったな？　俺たちは敵じゃないから、怖がる必要はないぞ」

「…………」

「な、何故《なぜ》下がる!?　ゼノドラ、何とかしてくれ！」

「私に聞くな。ええい、カレンよ、毛布に潜るんじゃない！」

戦いに関しては何よりも頼りになり、見た目も迫力満点の竜族の二人が揃《そろ》って子供にオロオロしている光景は実にシュールである。

それにしても、メジアは子供への対応があまり良くないというか、はっきり言えば下手だと思う。初対面であんな強気で語り掛けたら警戒されて当然だろうに。

まあ、見たところヒナは人見知りしているだけで、本気でメジアを怖がっているわけではなさそうである。もし恐れているのなら震えて何かに縋《すが》っている筈《はず》なのに、今は少し距離を取っただけでメジアをじっと見つめているからだ。

それでも、お互いに何かを感じているのだろうか？　見つめ合ったまま動かないヒナとメジアを他所《よそ》に、ようやく目が覚めてきたカレンが俺たちの存在に気付き、寝癖のついた髪のままこちらへと駆け寄ってくるなり、俺へ体当たりする勢いで抱き着いてきたのである。

「先生！」

「おっと!?　何だ、今日は覚醒が早いじゃないか」

あの時のカレンは半分寝ていたから、これが本当の五日ぶりの再会だな。

嬉《うれ》しい事に、カレンは俺の腹部に頬を擦り付けて懸命に喜びを表してくれるので、俺は想《おも》いを込めつつ彼女の頭を撫《な》でてやる。

「いい子にしていたようだな。ほら、皆も一緒だぞ」

「うん！　エミリアお姉ちゃん、おかえり！」

「はい。ただいま戻りました」

「ただいま、カレン。ほら、女の子がこんなにも寝癖をつけて歩き回ったら駄目だよ」

「リースお姉ちゃん！」

俺に言われてエミリアへと飛びついたカレンは、続いて手櫛《てぐし》で寝癖を整えてくれていたリースへと抱きついていた。

しばし抱き合い寝癖が大分直ったところで、カレンは少し離れて見守っていたレウスへと突撃しようとするが……。

「ホクトも！」

「……オン」

途中で進む方角を変えたかと思えば、近くでおすわりをしていたホクトへと飛び込んだのである。

皆が何とも言えない表情でその光景を眺めていたのだが、当のレウスは全く気にしていないどころか、寧ろ納得するように頷《うなず》いていた。

「まあ、ホクトさんの方が先だよな」

　上下関係はきっちりしているというか、下っ端根性が骨身にまで染みついている。まあ、原因の一端は俺にもあるのだが。

　そんな微妙な空気の中、しばらくホクトのモフモフを堪能したカレンは今度こそレウスへと向かった。

「レウスお兄ちゃんもおかえり！」

「おう！　元気にしていたか？」

　駆け寄ってきたカレンを、脇の下から抱え上げて高い高いをしているレウスの姿は、隣にマリーナがいるのもあって娘をあやす優しい父親みたいに感じた。

　そう見えるようになったのも成長だなと思いながら見守っていると、そこでようやくカレンはマリーナの存在に気付いたようだ。

「……この人、誰？」

「ああ、こっちのお姉ちゃんはマリーナだ。ほら、この子がカレンだぜ」

「よろしくね、カレンちゃん」

「うん……」

　事前にカレンについては説明しておいたので、特に動じる事もなくマリーナも笑顔で挨拶をするが、カレンはとあるものが気になって挨拶もどこかおざなりになっていた。

「こら、挨拶はちゃんとしろって兄貴や姉ちゃんに教わっただろ？」

「でも、このお姉ちゃんの尻尾……」

初対面の相手に物怖《ものお》じしているのかと思いきや、どうやらマリーナの尻尾が気になって仕方がないらしい。好奇心が旺盛な子だからな。

出会った当時は三本の尻尾に劣等感を抱いていたマリーナだが、今は堂々と晒《さら》している尻尾をカレンへ見せるようにしながら語り掛ける。

「私の尻尾、珍しい？」

「うん、沢山あって不思議。触ってもいい？」

「いいよ。けど、あまり強く握らないでね」

「うん！」

「カレン、ちょっと待った！」

何も違和感のなかった会話だというのに、突然レウスが止めに入ったので二人だけでなく俺たちも首を傾《かし》げていた。

「触らせてもらうだけじゃずるいだろう？　カレンも……あれを見せるべきじゃないか？」

周囲に部外者がいないか調べていたのだろう、レウスは一度言葉を切りつつカレンの背中を指す。

「わかった！　これでいい？」

その意図を理解したのか、カレンは背中を向けて有翼人の特徴である翼……片方だけ明らかに小さい翼をマリーナにしっかりと見せる。

そして翼を二回くらい羽ばたかせてから、マリーナの尻尾に触り始めた。

「聞いてはいたけど、こんなに違うんだね」

「ああ。マリーナと一緒だろ？」

「翼と尻尾じゃ全然違うでしょ。でも……うん、ちょっとだけ嬉しいかも」

生まれながら周囲と違う者同士の親近感というのか、マリーナは優しく目を細めながら、三本の尻尾を器用に動かしてカレンを楽しませている。

珍しさから目を輝かせながら尻尾を堪能していたカレンであるが、気付けばリーフェル姫に捕獲されていた。

「ああもう……ただいまカレンちゃん。元気にしてた？」

「わぷ……お、おかえりなさい」

「はぁ、この抱き心地……堪《たま》らないわぁ。あら、まだ寝癖が残っているじゃない。セニア」

「はい。櫛と蒸しタオルはこちらに」

「姫様。せめてこの子の許可を取ってからですね……」

こっちはこっちで相変わらずのようである。

さて、最後は最も未知数な出会いとなるので、俺は若干警戒を強めながらカレンを爺さんの前に立たせた。

幸いな事に、ゼノドラたちを見ながら育ったせいか、カレンは爺さんを怖がっている様子はなさそうである。

「カレン、この人はライオル。色んな本に書いてあった、剛剣その人だぞ」

「剛剣!? あの剣で何でも斬っちゃう凄《すご》い人の事？」

憧れという程ではないが、本に載った存在という事でカレンのテンションがかなり上がっているようだ。

「ねえねえ、山のようにすっごく大きくて長い蛇を、剣の一振りで倒したんでしょ？」

「蛇？　よく覚えておらんわい」

おそらく、蛇の魔物は斬り過ぎて覚えていない……という意味だと思われる。

「じゃあ、首が三つある怪物は？」

「そんなの斬ったかのう？」

普通に忘れているのだろう。

「……本当に剛剣なの？」

結果……爺さんの独特な空気は子供には通じず、寧ろ偽物だと思われていた。

まあ真実はいずれわかるだろうし、爺さん本人もどうでもよさそうなので放っておくとしよう。

一方、ヒナとメジアであるが……。

「よし、ではこのチーズとやらを食べるか？　近くに来てくれるのならくれてやってもいいぞ？」

「……いらない」

「なっ!?　こんなにも美味《うま》い物でも駄目だというのか!?」

「メジア殿……」

「食べ物で釣ろうとする必死さはわかりますが……」

「まずはその殺気を抑えるべきかと……」

相変わらずヒナが距離を取ったままであり、メジアのやり方も子供向けではないので、苦戦は長引きそうである。


そんな騒ぎがありつつも昼食を食べ終えた後、戦闘の準備で忙しい筈のジュリアが俺たちの下を訪れた。

「レウス。すまないが少し付き合ってくれないか？」

「お、いいぜ。やっぱり休むだけじゃなく、軽く剣を振らねえとな！」

「とても魅力的なお誘いだが、それは後にするとしよう。私が来たのは馬の事さ」

「そういえば、時間がかかるとか言っていたよな。もう見つかったのか？」

二人が話している内容は、明日の戦闘でレウスが乗る馬の事である。

レウスは己よりも重い剣を振り回すので、並の馬ではすぐに潰れてしまう。更にそれだけではなく、剣を振るう反動に馬が耐え切れないので、レウスは全力で剣を振るう事が出来ないのだ。

前線基地での戦いでも馬にはほとんど乗っておらず、しっかり乗ったと言えばジュリアの愛馬で相乗りしたくらいであろう。あの馬はジュリアに見合う立派な体軀《たいく》をしており、手綱もジュリアが握っていたのでレウスもあまり苦労せず剣を振るっていたらしい。

しかし、明日の戦闘ではさすがに相乗りは厳しいので、ジュリアの提案によってレウス用の馬が用意される事になったわけだ。

「ああ、少々手間取ったが無事にね。今から案内するが、よかったらマリーナも一緒にどうだい？」

「え？　じゃ、じゃあお言葉に甘えて」

実際のところ用があるのはレウスだけなのだが、マリーナも誘われたので一緒に行くようだ。

何となく気になったので俺とエミリアも付き合う事にし、五人がジュリアの案内で向かった先は、城の外にある馬用の牧場だった。

国が保有する軍馬が飼育されている場所で、広大な牧草地には多くの馬があちこちに点在しており思い思いに過ごしている。

そして幾つかある馬小屋の一つの前まで来たところで、先頭を歩いていたジュリアが振り返った。

「あの小屋だ。すぐに扉を開けさせるが、皆はこの辺りにいた方がいい。ちょっと強引に連れてきたせいか機嫌が悪いので、少々暴れ回る可能性があるのだ」

「気性が荒いというわけですか？」

「うむ。しかも私以外の言う事は碌《ろく》に聞かんし、好き勝手に動き回るから探すのに毎回手間取るのだよ」

　何でもその馬は今朝から牧草地にいなかったらしく、親衛隊が探し回って見つけた場所は牧草地の隣に広がる森の中だったらしい。どうやら柵を勝手に乗り越えてしまう自由奔放な馬でもあるようだ。

「そんな馬、レウスが乗りこなせるかな？」

「だなぁ。正直あまり自信がないぜ？」

「ふ、レウスであれば大丈夫さ。まあとにかく、一度見てみるといい」

　何故《なぜ》か自信満々に笑うジュリアの合図により、小屋の近くにいた親衛隊が閂《かんぬき》を外して一気に扉を開けば、そこから黒く巨大な影が飛び出した。

　それはジュリアが自信満々に語るのも納得出来る立派な黒い馬で、他の馬より体は二回りも大きく、力強く地を蹴る四本の足は見事と言える程に太く逞《たくま》しい。

　最悪、レウスに合う馬が見つからなければホクトを左翼に回す事も考えていたが、これ程立派な馬がいるのであれば必要なさそうだな。

　だが……そんな頼もしそうな黒馬だが、凄《すさ》まじい勢いでこちらに迫ってきており、全く止まろうとしない様子にレウスの隣にいたマリーナが慌て始めた。

「な、何か凄い勢いなんですけど!?」

「ふむ？　ああ、もしかしてレウスがいるせいかな？」

「何で俺が？」

「私に余計な男が付いていると思って怒っているのかもしれない。あれは少々嫉妬深い面もあってね」

何でもあの黒馬、ジュリアに惚《ほ》れているのか彼女に近づく者を徹底的に排除しようとするらしい。そのせいか前線基地で乗っていたジュリアの馬と喧嘩《けんか》が絶えないらしく、普段は隔離状態で飼育してジュリアも交互に乗っているとか。

まあ……要するに、レウスは狙われているわけだ。

「冷静に分析していないで止めてください！　いやいや、私たちが離れれば……」

「落ち着けって、マリーナ。えーと、つまり戦っても構わねえって事だよな？」

「ああ、それが一番早い」

明確な敵意を持った馬が迫ってくるのは恐ろしいだろうが、ホクトと模擬戦を繰り返してきたレウスからすれば動じる程でもないようだ。

あっという間に迫ってきた黒馬の突進を真正面から受け止めるレウスだが、勢いを完全に殺しきれず両足で地面を削りながら後退をし続け、完全に黒馬を止められたのは牧草地の中心まで動かされた後だった。

「へへ、凄い力じゃねえか。けど俺も……おりゃあああぁぁぁ―――っ！」

そしてレウスが黒馬の首を脇に挟むようにして摑《つか》んだかと思えば、掬《すく》い上げるようにして背後へ放り投げたのである。

前世では投げっ放しジャーマンとも言われる技で高く放り投げられた黒馬であるが、驚く事に黒馬は空中で体勢を立て直して四本の足でしっかりと着地したのだ。

「ええっ!?　ど、どうなっているのあの馬!?」

「ははは、見事なものだろう？　人を選ぶ奴《やつ》ではあるが、乗れば本当に頼りになる馬なのさ」

「シリウス様。あれは純粋な馬ではなく、別の種族かもしれませんね」

「あり得るな。まあどちらにしろ、手綱を握れるようになればレウスの戦力が大幅に上がりそうだな」

のんびりと見守っているこちらと違い、レウスと黒馬の戦いは更に熱を上げていく。

黒馬が上半身を持ち上げ前足で踏み潰そうとすれば、レウスはそれを正面から摑んで力比べをしたり、強引に黒馬の背中に乗ってロデオを始めたりと、気付けば見物料が取れそうな試合のようになっていた。

それから十五分後……。

倒れた黒馬の首にヘッドロックを完全に決め、観念したかのように黒馬が動かなくなったところでレウスの勝利が決まった。

「見事だ！　レウスならそやつの心を開いてくれると信じていたぞ！」

「……何だろう、何か色々違う気がする」

「ああ、俺もそう思っているよ」

俺とマリーナの突っ込みを他所《よそ》に、その後の黒馬は目に見えて大人しくなり、レウスを背中に乗せても全く暴れなくなった。つまりあの黒馬は、独特の感覚で想《おも》いを伝えるレウスやジュリアと似たような存在なわけか。

何にしろ、これでレウスの足が確保出来たわけだが、問題が起こったのは馬に乗ってからだった。

「はあああぁぁ――――っ！」

「くっ……うおっ!?」

ジュリアも馬に乗り、互いに騎乗した状態で二人は模擬戦を行っていたのだが、数回剣を打ち合ったところでレウスが落馬してしまうのだ。

すでにこれで十回目の落馬であり、途中から見物にやってきたアルベリオとキースが難しい表情で唸《うな》っている。

「うーん……レウスならすぐに慣れると思ったんだけどな。やっぱり剣を全力で振るうとなると厳しいか」

「へ、そりゃあ自分の足と馬じゃ全然違うから当然だろ。俺だって慣れるのに何度落ちた事やら」

「大丈夫、レウス？　少し休憩した方がいいんじゃ……」

「平気平気。ジュリア、もう一度だ！」

「ああ、何度でも付き合うよ」

マリーナも心配して駆け寄っているが、辛《つら》そうな素振りを見せずレウスは軽やかに馬へ乗り、ジュリアと再び剣を打ち合い始める。

最初に比べたら長続きするようになったが、やはり一定の力を込めたところでレウスはバランスを崩し始め、ジュリアの剣に耐え切れず落馬してしまう。

俺はレウスの性格をよく知っているので、その原因と解決方法もわかっている。だがここは敢《あ》えてレウスたちの自主性に任せようと静かに見守っていると、一度剣を下ろしたジュリアが助言をしていた。

「やはり腕と腰で剣を振るい過ぎだな。もう少し足に力を込めた方がいい」

「わかっちゃいるんだけどさ、何か難しいんだよなぁ」

騎乗して武器を振るう際に大切なのは、馬の背中を挟んで踏ん張る為《ため》の足……つまり太《ふと》腿《もも》が重要でもある。

それはレウスも理解しているようだが、全力で剣を振るってしまえば馬を潰してしまうという遠慮が無意識に出てしまい、どうしても上半身に力が向かい過ぎてしまうようだ。

他にも、両足でしっかりと地面を踏み締める事が大切な『剛破一刀流』を使うせいもあるのかもしれない。

上手《うま》くいかず悩んでいるレウスに、そっとジュリアとマリーナが語り掛ける。

「レウス。乗っている相棒をもっと信じるのだ。君が勝ったとはいえ、その馬の強さは先程の戦いでよく知っただろう？」

「というか、あんたの場合は難しい事は考えず、その子を自分の足だと思えばいいんじゃないの？」

「信じる……俺の足……そうだ、人馬一体だ！」

己の愛馬の背中を撫《な》でながら語るジュリアと、もどかしそうに眺めていたマリーナの助言で何か気付いたのか、俺がかつて教えた言葉を呟《つぶや》きながらレウスは剣を再び構える。

すると、互いに馬を走らせながら打ち合う剣に乱れは消え、剣と馬がどれだけ速くなろうとレウスが落馬する事はなくなったのだ。

「おいおい、おかしいだろ！　何でこうも急に変われるんだよ？」

「ふふ、それがレウスだからね。これなら安心して先頭を任せられそうだ」

それにしても、想いを告げられた女性からの言葉で気付くとは。天然な部分が目立つが、何だかんだで物語の主人公みたいな男である。

一つ問題が解決した事に安堵《あんど》する俺たちだが、そこで新たな問題が浮上した。

「あの、そろそろあの二人を止めた方がよろしいかと思うのですが？」

「え……あ!?」

「はははははは！　もっとだ！　もっと速く出来そうだ！」

「おお！　ついて来いよ、ジュリア！」

「やべぇ、何か笑い始めているぞ!?」

「こらーっ！　それ以上は明日に差し支えるでしょ！」

落馬によって止まる要素がなくなったので、二人の剣舞は加速し続けて止まらなくなっていたとさ。


こうして準備は着々と進み、時刻は夜明けより少し前。

仮眠もしっかり取って体調を万全にしたところで、俺はホクトと一緒に決戦の舞台となる平原が見える防壁の上で、先程『コール』で呼んだ姉弟が来るのを待っていた。

「お待たせしました、シリウス様」

「何かあったのか、兄貴？　そろそろジュリアたちと作戦会議が始まるんだけど……」

「ああ。少しお前たちに伝えておきたい事があってな」

いつもと違う雰囲気だと察したのだろう、姉弟は何も言わず姿勢を正しながら俺の言葉を待つ。

「明日……いや、もう今日だな。今日の戦いは両翼の動きが重要となるが、その鍵となるのはお前たちだ。わかっているな？」

「はい！」

「おう！」

大軍同士の戦いなので、個々でやれる事は限界がある。

だが、敵に大打撃を与えられるであろう、俺の奇襲や布石に最も早く対応出来るのはこの姉弟であり、それを察して両翼を上手く導いてもらわなければ俺が遊撃で動く意味がほとんどなくなってしまうのだ。

だからこそ、わざわざ姉弟だけを呼んでまで伝えたのである。

それからもう一つ……。

「この戦いが始まったら、俺は一人の戦士となる。だから俺を対等の存在として扱い、援護を求める事に躊躇《ちゅうちょ》はするなよ。勝つ為に動くんだ」

「「はい！」」

「……すまんな。今回ばかりは、お前たちの事を気に掛ける余裕はなさそうだ。それ程の相手だと思うからな」

「問題はございません。今までシリウス様が担ってくださった事は私が補って見せます。ですから、シリウス様はご存分に」

「そうそう。兄貴から見たら未熟かもしれないけどさ、俺たちは兄貴と並ぶ為にずっと頑張ってきたんだ。だから信じてくれ。そして……もっと頼ってくれよ」

「はは……言うじゃないか。なら、俺の足りない部分をしっかりと補ってくれ。頼んだぞ」

「お任せを！」

「当たり前だぜ！」

そして自信満々の返事と共に去って行く姉弟の後姿を眺めながら、俺は隣にいるホクトに語り掛けた。

「……誇らしい弟子たちだな、ホクト」

「オン！」

一人の戦士……特殊工作員《エージェント》だった俺に戻る為に、このまま心を研ぎ澄ませる予定だったのだが、もう少しだけこの余韻に浸らせてもらうとしよう。

弟子たちの誇らしさを胸に、俺はしばしホクトの頭を撫で続けるのだった。

あとがき

どうも皆さま、お久しぶりのネコです。

いやぁ……やばかった。本気でギリギリでしたが、十五巻を何とか発売出来ました。

この本作品に関わる方々、そして応援してくださる皆様……本当にありがとうございます。応援とかなかったら絶対心が折れていましたよ。

さて、ネガティブな心は切り替えて、十五巻と今後について少々語るとしましょう。

本当なら十五巻でシリウスの決戦も描ける内容だったかもしれませんが、次の区切りの為《ため》にカットとなりました。まあ、一番の理由はネコの執筆速度の遅さのせいですが。

それと、どうしても書きたい内容がない限り、おそらく次が最終巻になると思います。

物語の終着点はほとんど決まっているのですが、途中までの細かい道筋がまだ空白ばかりなので、何時《いつ》完成するかは未定ですが。

故に、ここからが本当の踏ん張りどころ。暇があれば、無事に十六巻が発売される事を祈ってやってくださいませ。

それでは！

作品のご感想、
ファンレターをお待ちしています

あて先

〒141-0031
東京都品川区西五反田 8-1-5 五反田光和ビル４階
オーバーラップ文庫編集部
「ネコ光一」先生係／「Nardack」先生係

OVERLAP

ワールド・ティーチャー
異世界式教育エージェント 15

発　行　2021年9月25日　初版第一刷発行

著　者　ネコ光一
発行者　永田勝治
発行所　株式会社オーバーラップ
〒141-0031　東京都品川区西五反田 8-1-5
校正・DTP　株式会社鷗来堂
印刷・製本　大日本印刷株式会社

Printed in Japan ISBN 978-4-86554-978-2 C0193